今さら本物の聖女といわれてももう遅い！
妹に全てを奪われたので、隣国で自由に生きます

ごろごろみかん。

目次

プロローグ……6

第一章

聖女と呼ばれる所縁……12
折り返し地点となりましたわ……25
呼び出した張本人は……39

第二章

ミレルダ・シェイランの役目……50
新しい人生を始めましょう……58
視線で人は殺せるのですわ……61
夜会の準備が整いましたわ……81
いざ、夜会……86
ガーネリアという少女……96
なにかがおかしい、というのはわかるのだけど……107
確かめるべきこと……115
恋人疑惑なのかしら……127
歪なトライアングル……136
さながら事故物件……141
オカルトじみた話……145

残酷な真実……150
思わぬ再会……161
どうだった？……172
ガーネリア嬢は違う、らしい……182
幕を引きましょう……186

第三章

過去への回帰……198
きみが好きだよ……230
不器用で、面倒なあなただから……249
隠された素顔……256
エピローグ……276

番外編

開かれた夜会……280
あとがき……292

Main Character
策略家な王太子
アリアス・リヴァーロン
リヴァーロン国の第二王子で王太子。とある理由から自らの〝偽装恋人〟としてミレルダを保護し、「ルーナ」としての居場所を与える。一見軽い印象だが国を継ぐ者としての知略と覚悟がある。
婚約破棄された聖女
ミレルダ・シェイラン
（のちにルーナ・タンブラン）
ずば抜けた魔力を持ち、セイフェルーン国の唯一無二の聖女だったが16年間冷遇され、婚約破棄されてついに国を見限る。名前を変え、隣の大国・リヴァーロンで第二の人生を送ることになり…!?
今さら本物の聖女といわれてももう遅い！
妹に全てを奪われたので、隣国で自由に生きます

リヴァーロン国

アリアスの婚約者候補
ガーネリア・ロフィックス

美しい赤毛の伯爵令嬢。女性なら誰もが憧れる体型の持ち主。口数が少なく、控え目で引っ込み思案な性格。とある事件に巻き込まれてしまうが…？

真面目な第一王子
レオンハルト・リヴァーロン

アリアスの腹違いの兄で第一王子。カタブツで感情をあまり表に出さない。リヴァーロンの城に滞在するミレルダのことを何かと気にかけていて…？

王太子秘書 **ベルタ**

怜悧な雰囲気を漂わせる敏腕秘書。アリアスに対しては人一倍過保護でその他の人間には冷たい。

大柄な護衛騎士 **ロバート**

寡黙で堅実な剣士。おおらかな性格で突飛な行動をとるアリアスにいつも振り回されている。

謎の青年 **ユースケ**

「セリザワ・ユースケ」と名乗るどことなく不気味な青年。異世界からの〝渡り人〟だというが…？

セイフェルーン国

ミレルダの元婚約者
マクシミリアン・セイフェルーン

セイフェルーン国の王太子。ミレーヌを選び、ミレルダに婚約破棄を言い渡すが…？

ミレルダの義妹
ミレーヌ・シェイラン

母は平民でミレルダとは腹違いの姉妹。幼い頃から周囲から愛されて育ち、無邪気に振る舞う。

プロローグ

「あらあらまあまあ、かわいらしいこと。殿下の背中に隠れてしまって、そんなに私が怖いかしら？　私からしてみれば、あなたのそのド天然さの方が恐ろしいけれど」

「なっ……ミレーヌになんてことを言うんだ！　そもそもお前、誰だ……!?」

殿下――私の婚約者である彼が私を見て言う。おわかりじゃないのかしら。これから婚約破棄するとはいえ、まだ彼の婚約者は私だ。それなのにその背に私の妹を隠し、私を睨《にら》んでくる彼は、とてもじゃないが私の婚約者には見えない。

ああ――私ったら、なにを考えていたのかしら。そもそもこんな人たちのために我慢することなどないじゃない。私は婚約破棄の場をあつらえられた屋内庭園で、内心ため息をついた。

つい一昨日《おととい》までは好きだった彼が、今はへのへのもへじにしか見えないのだから、恋心って恐ろしい。私の心にはすさまじいまでのフィルターがかかっていたのだろう。いや、フィルターというより呪縛？　刷り込みかしら。

私がそんなことを考えていれば私がひるんだと勘違いしたのか。次第に余裕を取り戻した彼が偉そうに笑って言った。

前はその夜空のような黒髪も、アメジストのような瞳も好きだったのに。それだけでなく、少し偉そうな態度も、俺様気質なところも。

偉そうな態度の中にも私を慮《おもんぱか》ってくれる、優しさがあると信じていた私は間違いなく馬鹿だった。ええ、ものすごい馬鹿だったわ。我ながらなんでこんなのが好きだったのか、イマイチよくわからない。

「聞いてるのか、ミレルダ・シェイラン‼」

うるさいわね。声が大きすぎるのよ。

思わず顔をしかめる。

私の名前はミレルダ・シェイラン。

シェイラン公爵《こうしゃく》家の娘であり、目の前の彼、この国の王太子殿下であるマクシミリアン・セイフェルーンと来年の春に婚姻する運びだった。

しかし、なにを考えたのかこの馬鹿王子は婚約中だというのに私の妹と想いを交わし、揚げ句婚約破棄したいと言いだしたのだ。妹とできてしまったのはまあ、仕方ない。仕方ないというかどうでもいい。今となっては。

今の私はずいぶん冷静に物事を見られていると思う。長年の呪縛から解放されたおかげだろう。

私は今でこそ、こういった性格だったが、つい一昨日までは今とは正反対な性格をしていた。

「あら嫌だ、お忘れになった？　十六年間、婚約者だったというのに。ずいぶんと薄情なお話ですわ。もっとも、真実の愛とやらを知ってしまった殿下には仕方のないお話かしら」

「は。笑わせるな。お前がミレルダだって？　信じられるか。今までのお前はもっと幽霊のような、影の薄い地味な女だっただろうが！」

婚約者をつかまえて地味とは、こいつも大概失礼よね。いや、失礼という概念すらないのかもしれない。そもそも地味と言うが私はいたって普通の、というより美人系の顔立ちをしていると自負している。侍女や友人の令嬢からもそう評価されているし、決して自惚《うぬぼ》れではない、と思う。ただ、たしかに以前の私はあまりにも内気すぎた。発言は主に『はい』、『えっと……』、『あ、あの』の三つ。これでよく会話が成り立ったなと我ながら思うほどである。

だけどこの性格をつくり上げたのは、ほかの誰でもない両親である。文句を言うなら公爵家に言ってほしい。もっとも、言われたところで私はどうでもいいのだけど。

「地味な女とは、またずいぶんとひどい言葉ですわ。殿下。少なくとも婚約者相手に言うセリフではありませんわね」

「婚約者だと？　笑わせるな。俺はお前を婚約者だと思ったことはない！」

なんてこと言うんだよ。本当にこんなのが王太子で大丈夫か、王家。いやダメだと思う。王妃様が年を召されてからの子供だったせいか、殿下はかなりわがままにお育ちになった。昔はこんな性格もおかわいらしいと思ったが、いや違う。行きすぎたわがままは、もはや単なる愚図だ。

「まあ、王家と公爵家で結ばれた婚約は、なかったものだとおっしゃいますの？　我が公爵家も見くびられたものですわ」

「ち、違うんです。お姉様《ねえ》……！　お願い、話を聞いて」

ここでずっと王太子の背中に隠れていた妹、ミレーヌが顔を出した。肩につくくらいのストレートを内巻きに巻いたかわいらしい顔立ちの少女である。少々お転婆がすぎているが、それはミレーヌらしいと見逃されている。

私は妹が嫌いだった。生まれてからなにもかも、妹に奪われてきた。両親の愛情も、名誉も、幸福感も。逆に私に与えられたのは孤独感と寂しさと、そしてやるせなさ。幼少の頃から刷り込まれたそれはなかなか消えず、つい最近まで私を蝕《むしば》んでいた。

本当に、今までなんでこんなのにかかずらっていたのかしら……。

こんなことになる前にもっと早くに目を覚ましたかったものだわ、と内心私は毒づいた。

「あなたに聞いてないわ、ミレーヌ。そもそもこの場になぜあなたがいるの」

今日は王太子とのお茶会の日だった。

お茶会という名目のもと、以前王太子に申し立てられた婚約破棄について話し合いをする場だったのだ。それなのになぜ部外者の妹がいるのか。

そういった目で彼女を見ると、ミレーヌはまたしても怯《おび》えたように自分の恋人――つまり私の婚約者だが彼のうしろに隠れた。愛らしいミレーヌ。彼女は今までこんなに冷ややかな目で見られたことなどなかったのだろう。

第一章

聖女と呼ばれる所縁

ミレーヌの怯えたその様子に、王太子が忌々しそうな顔をする。いや、あなたに怒る権利があるとでも？　今までさんざん私のことをないがしろにして馬鹿にしてきたくせに、この期に及んでそんな強気な態度をとれる王太子の頭の悪さに拍手喝采だ。

私はにこりと微笑んだ。淑女らしい、しとやかな微笑みに映ったはずだ。思えば、殿下の前で微笑んだことなどなかった。いつも私は怯えていて、殿下の顔色をうかがっていて。

ああ、本当馬鹿らしいったらない。こんなのに今までの十六年間を捧げていたなんて。

我ながら理解に苦しむわ。この男に私の十六年を返せと言いたい。いや、言うべきは私の両親かしら。

「ミレーヌは当事者だ。仲間はずれはやめろ」

仲間はずれって。子供か。だいたい発言が幼稚なのだ。私はもはやあきれて扇で顔を隠した。

「おかしいですわね。今日のこの場は、私と殿下の婚約について話し合うためにあつらえられたと聞きましたのに。これじゃあ私、婚約者を取られたみたいだわ」

わざとらしくそう言うと、ミレーヌが小さく悲鳴をあげる。『みたい』もなにも、言葉の通り『取られた』のだが。今になって婚約者がいる男と恋仲になった事実に気づいたとでも言うのか。この脳内花畑の女は。

王太子は憎々しげに私を見ている。まるで親の敵《かたき》でも見るような顔だが、本来であればその顔をするのは私の方である。扇をぶん投げられないだけありがたいと思ってほしいわ。

「お、お姉様……私……」

「聞いていれば、口がすぎるぞ！　お前はたかだか公爵令嬢で、俺はこの国の王太子だ。立場というものをわきまえろ！」

いや、それをあなたが言うのか。

本来であれば婚約者をエスコートしなければならない夜会で恋人を連れて現れたり、私をいないものとして扱ったあなたが。私の婚約者という立場を忘れて振る舞ったご自分への皮肉かしら。

「そうですわね……。さすがに言いすぎました。申し訳ございません」

「はっ、今さらか。今さら謝ってももう遅い」

「本当の聖女である私も、殿下から見たらただの貴族の娘ですものね。王家の直系たる殿下にとんだ口のきき方をしたこと、謝罪いたしますわ」

つとめて殊勝な声で、そして表情を取り繕って言うと、王太子はぽかんとした顔をした。いや、本当に私なんでこんなのが好きだったの……？　頭の中が表情にそのまま直結する王太子って、本当どうなのよ。王妃様も国王陛下もひとり息子で年を召されてからの子供であったとしても、あまりにも教養が足りないんじゃないかしら。少なくともこの王太子が玉座についた日にはセイフェルーン国は滅びるんじゃないかしら。そう思うと、早いうちに婚約破棄しておいてよかったのかもしれないと私は思う。夫婦共倒れならぬ、国を巻き込んで総倒れなんてごめんである。倒れるのは殿下ひとりで十分だ。

そんなことを考えていると、ミレーヌが弾けるように言った。

「本当の聖女……!?　なにを言ってるんですか、お姉様！」

自分こそが聖女だと言われていた妹は、信じられないものを見るような目で私を見た。

そうよね。あなたも知らないわよね。このことを知っているのは、私と——そして、私の両親だけだもの。

＊＊＊

『お姉様！　お姉様聞いて？　私、聖女になったのよ！』

そうミレーヌが伝えてきたのは、彼女が五歳の時の話だった。

ミレーヌは妹だ。私とは半分しか血がつながっていない。

私の母は公爵家の正妻で、そしてミレーヌの母は平民だった。私の父である公爵はミレーヌの母と市井で偶然出会ったらしい。そこでふたりは互いにひと目惚れ。そうなると邪魔になってくるのは私の母親だ。第二夫人として娶《めと》られたミレーヌの母親は本邸に呼ばれ、私と母親は邪魔だと言わんばかりに別邸へと押しやられた。

母の口癖は『ごめんね、産んでしまって、ごめんなさい』だった。私はそれを聞くたびに泣く母の顔が見たくなくて、懸命にその涙をぬぐっていた。だけど幼少期からそんな姿を見せられていれば影響もされるわけで、いつの日か私は母の涙がとても苦手になっていた。

『ごめんね、産んでしまってごめんなさい。ごめんね、許して……ミレルダ』

たしか、それが最期の言葉だった気がする。あの日、母はいつものように泣いていて、そして。

目が覚めた時には、母はもうこの世の人間ではなくなっていた。

公爵と母は政略結婚だった。だからふたりの間には愛など微塵《みじん》もなかったのだ。

ひっそりとした、忘れ去られたような別邸と違い、本邸はいつも賑やかで栄えていた。

侍女は気まずいのか、私たちの世話は最低限のことしかしなかったし、もしそれすらしていなかったとしても、公爵はなにも言わなかっただろう。

本当に愛する人を見つけて、公爵は母を、そして折よく生まれてしまった私を心の底から疎んでいるようだった。

そう思うと、恐らく彼らの初夜もひどいものだったのだろう、と私は今頃になってあたりをつける。そしてそれは遠からずあたっているはずだ。

私が五歳の頃。

母が亡くなったのはその頃だ。私は本邸へと引き取られた。

『お前は、残り物だ。あの女の残りカスだ。余計なことはするな。なにもせず、ただ息を吸って吐いていればいい』

そこで初めて顔合わせをした公爵に言われたのは、その言葉だった。私はなにを言われたのか最初理解できないでいると、続けて放たれた言葉に、胸が凍る気がした。

『あの女と共に死んでくれたらよかったのに。ひどい母親だな。お前をひとり残して、自分だけ楽になるのだから』

死んだ母を、自殺した母を。楽になる、と言った父――。

あなたは、自分が母をそこまで追い込んだ自覚はなかったのか。私は悲しみと、苦しみ、衝撃にのまれた。だけどまだ五歳。なにもできるはずがない。

そして、すでにその頃には三歳になる妹がいた。妹は私と違い金髪で、そして翡翠《ひすい》色の瞳をしていた。私は母親の瞳の色を受け継ぎ、湖面のような色合いだった。父はそれが気に食わなかったらしい。髪色こそ父と同じだが、目は母と同じ。父にとっては疎ましかったのだろう。

かくして私は、一時的に本邸に戻ったものの、すぐにまたひとり、別邸へと押し込まれることとなった。そして、その生活は私が八歳になるまで続いた。

約、三年間だ。

そしてある日、公爵がなんの前触れもなく、食事をしていた時に突然やって来たのだ。食事、といっても私のそれはひどいもので、その頃は侍女でさえ私を軽んじていて、食事は必要最低限生きていければいいとでもいうような、簡素なものだった。

冷えたスープに硬いパン。恐らく侍女の夜食用であるであろうそれを、毎食出されていた。まだ、母が生きていた時の方が食事はマシだった気がする。いや、母が生きていた時の食事の方がよっぽどよかった。

年の近い侍女はなにかやらかして別邸へと飛ばされてきたらしく、私につけられたことが不満であるようだった。ほかの侍女も似たり寄ったりな状況らしく、誰ひとりとして私に優しくしてくれる人はいなかった。

そして、その日もまた、硬いパンを水に塩を溶かし込んだだけの、スープとも呼べない冷たいそれに浸して食べていた時。

父親である公爵がやって来た。そして、私の食事を見ると忌々しそうにしながらもそれをひっくり返したのだ。

『まだ生きていたのか！』

そう言われた時の絶望と、衝撃を、きっと私は生涯忘れないだろう。

――公爵は私を見ると忌々しそうな顔をした。

この日、私は父と呼ばれる人と二回目の顔合わせをした。ひっくり返された食事トレーが目に入り、ああ、今日のご飯なくなっちゃったな、どうしよう、と考えながらもそれを上回る衝撃に私はただ息をのむしかなかった。

この時、私の食事はすでに悪辣な環境となっていて、一日一食しか出てこなかったのだ。それも、侍女の夜食用と思われるそれだ。そんな生活を続けていたものだから、私の発育はかなり悪かった。子供ながらに栄養失調だとすぐに気づかれる見た目だ。

「まったく……気味の悪い。お前なんかいなければよかったのに」

「……っ」

子供ながらに、その言葉は深く私の胸をえぐった。それは確実に私に影響をもたらしたものだったのだろう。公爵は私を見て、そしてまた大仰にため息をつく。

「この役立たずが。面倒事ばかり運びやがって。さすがあの女の娘だな。そういうところはよく似ている」

「…………」

「しかも、口がきけないのか？　とんだ愚図だな。愚図でのろまで愚かとは、救いようがない。まったく、お前は生きてる価値などないな」

公爵は私を見ながら、ソファに座った。テーブルの下に落ちた食事は侍女が静かに片づけていた。公爵は私を睨むように見る。その瞳からは慈愛とか、親愛とか、そんなものはとてもではないが感じられなかった。感じられるのは侮蔑、軽蔑、嫌悪。ひどく敵対視されているのがよくわかった。

「……前が聖女として選ばれた」

「……ぇ」

小さく言葉にできたのはそれだけだった。しかし公爵はわずらわしそうに手を振る。話すな、ということだろうか。

「魔力量が飛び抜けて多いようだ。教会がそう神託を下した。あそこは小細工のできない水面鏡で神の神託を仰いでいる。ひと昔前は村娘にまで神託をくだしていたらしいが……。まさかお前が選ばれるとはな。神の目もずいぶん曇られたようだ」

公爵はそう言ってまたひとつ皮肉気に笑った。

「まあ、魔女と呼ばれたあの女の娘だからなぁ……。その忌々しい魔力も引き継いでしまったか。

厄介なことだ、本当に」

公爵は続けて言った。

「これがミレーヌならどれほどよかったか。いないものとして扱われているお前がこの国の聖女など、笑わせる。ああ、そうだ。聖女の役割はミレーヌに任せるか。お前にはとんだ大役だもんな。お前のような愚図で愚かで矮小《わいしょう》な人間には、とてもではないが務まるまい」

そこで公爵は言葉を切って近くの侍女に声をかけた。

「なぁ、お前もそう思うだろう」

突然話しかけられた侍女は驚きながらも、蔑みを隠さない笑みを浮かべて私を見た。そして、忍び笑いを漏らしながら言ったのだ。

「はい、公爵様のおっしゃる通りですわ」

どうして、私がこんな目に遭わなければならないのだろう。

どうして、私はこんな生活を送らなければならないのだろう。母親が生きている時はまだ耐えられた。いつも泣いてばかりだったが、それでも母は私の唯一の味方だった。

母だけが私を想ってくれていた。それは、母が死に、こんな生活を送るようになってから気がついたことだった。涙は不思議と出なかった。ただ、ただ苦しいだけで。毎日、息をするのすら嫌になるほどだった。

「神託において小細工は叶わないが、金を握らせて黙らせることはできる。この国は住みやすくてありがたいな」

それが、父である公爵との最後の会話だったような気がする。

そして、それから間もなく。八歳の私は本邸へと迎えられた。

妹との顔合わせをしたのもその頃だ。妹は明るくて、一心に愛されて育ったのがよくわかった。

私は妹が怖かった。恐ろしくて、嫌だった。妹はなんでも私から奪ってしまう。

それなのに妹は私によく懐いた。愛されて育った妹は笑いかければ誰からも笑い返されると信じていたのだろう。最初は、笑顔を返さない私にミレーヌは戸惑っていた。だけどミレーヌの笑顔に笑い返さねば、陰で父に折檻を受けるようになった。それから、私はミレーヌの前ではひきつった笑みを浮かべるようになった。

ミレーヌはそんなことを知らないだろう。

そして、ミレーヌはある日私に言ってきた。

『お姉様！　お姉様聞いて？　私、聖女になったのよ！』

ミレーヌは、両親の愛だけではなく聖女という私の役割まで奪ってしまった。

やがて私が聖女の務めを果たすようになると、私の後にミレーヌも必ず続けてそれをやった。

聖女の務めとは、すなわち国防である。

聖女はひとりでその国の防衛を担っているのだ。その立ち位置は王族と同列か、また違う勢力の力と言い換えてもいい。

国を守るのだから、聖女の魔力はすさまじい。そしてそれを利用して国境に結界を張るのである。

湖に行って体を清め、魔力を流し込む。そして結界を張り終える。私に続いて妹もそれをなぞった。

聖女は生涯結婚が許されない。だから、ミレーヌは王太子との婚約が許されなかった。代わりに、私が王太子と婚約することになった。私が八歳の時の話だ。

だけど聖女だと知られたから王家と婚約を結ぶのでは、体裁もなにもあったものではない。公爵家は長く続く格式高い家なのだ。こんなに腐敗した家柄でも、昔はもっと矜持《きょうじ》の高い当主もいたのだろう。そして現当主はプライドが高く見栄っ張りときた。

公爵としては、聖女に選ばれたから婚家に選出されたと知られたくないのだろう。格式高い家だったから婚約を結んだ。そういう方向に噂話を持っていきたかったのだ。死んでも私のおかげで王家との婚姻が認められたなど、最高峰の山よりもプライドが高いあの公爵が認めるはずがない。

なので、私と王太子との婚約は生まれながらのものだとして発表された。

両親はミレーヌのことが愛しいあまり、嫁に出したくなかったのかもしれない。だけど、ここで誤算が生じた。ミレーヌが王太子のことを好きになってしまったのである。

そして王太子もまたミレーヌに惚れた。私はといえば王太子といても息が詰まって緊張してばかりだった。どこで公爵の手下が見ているかわからない。側仕《そばづか》えとしてつけられた侍女になにを密告されるかわかったものではない。

私は王太子といても最低限の返事しかできず、結果彼に飽きられた。

王太子とミレーヌの恋は、火花を散らすように早く燃え上がっていった。そしてついに、ミレーヌが両親におねだりしたのだ。王太子と婚約したい、と。両親はミレーヌの頼みに一も二もなく了承した。そして、王太子にそれを打診した。

世間的に見れば聖女の立場はミレーヌのものだ。そして、聖女は結婚ができない。それは処女を失えば力が消えるとかそういうものではなくて、ただ格式古い不文律が今もなお残っているだけ。なんの効力もない。だけどそれを誰もかれもが当然のことだと信じていた。だからこそミレーヌの申し出は青天の霹靂《へきれき》とでもいうようなものであった。

しかしそこは頭が幸せな状態の王太子である。彼はその不文律など知ったことかとばかりにミレーヌの申し出を承諾した。

その時点で私との婚約解消、ミレーヌとの婚約が決まった。しかしそれに国王陛下が待ったをかけた。

一度、私と王太子は話し合った方がいい、と告げて。

私はそれを聞いて泣いた。王太子のことはひそかに好きだった。生まれて初めて、婚約者というものを得たのだ。両親や周りからの愛情を知らない私は、通常であればひどいとされる王太子の行動も好意的に受け入れしまっていた。

通常、婚約者をエスコートするのはあたり前だ。だけど優しくエスコートされて、私は初めて人の温かさというものを知った。王太子は壊れかけた、幼い私の唯一の拠り所だったのだ。

明後日が話し合いの日だという時。

私はベッドの中で泣き濡《ぬ》れて、王太子の婚約者という地位も聖女としての地位も奪われたことに絶望していた。聖女は婚姻できないはずだが、今回ばかり特例ということで通そうと公爵は躍起になっていた。

もう、私にはなにもない。

ここ最近なにも食べていなかったのが災いしたのだろう。夜、私は喉の渇きを覚えて目を覚ました。水差しは空で、侍女がろくな仕事をしていないことを悟る。

久しぶりに部屋を出て、水を求めに食堂へ向かっていた時。私は足をすべらせたのだ。そして、階段から落ちて——思ったのだ。

母もいない、婚約者には捨てられ、妹には立場を奪われた。そんな私が、生きていてもいいことなどきっとありはしない。ああ、もう楽になってしまおう。

そうすればきっともう、苦しむこともない。私にはなにもないのだから、もういい。もう、いいじゃないの。私に残されたものなんて……なにもないのだから。

そう思ったのだ。

今思えばなんて馬鹿らしい、と思うけれどたかがクズに捨てられただけで人生に絶望するとか、馬鹿らしすぎる。

今までのことを鑑みても私はどう考えても悪くない。悪いのはすべて公爵であり、そして婚約者に誠実でなかった王太子でもある。

一方のミレーヌは純真さを装ってはいるが、姉の婚約者を奪うことになんの罪悪感も持ってないことから同罪だろう。しかもそれが無自覚だから末恐ろしい。この子は近いうちに破滅していくだろう。私がいなくとも。

目が覚めると、どこかスッキリしていた。

今まで考えていたことがひっくり返ったというか、視野が広がったというか。なにか、すとん、と胸に落ちていたのだ。

「……私、なにを考えていたのかしら」

ばっかみたい。あんなクズに捨てられたところで、どうして悲観しなければならないのか。むしろ捨てたことを後悔させてやる。

公爵もミレーヌの母も私のことを馬鹿にしているが、知らないのだろうか。今の国防は、私の力なしでは成り立たないということを。

たんこぶができた頭がズキズキと痛む。私はそれを押さえながらつぶやいた。

「婚約破棄？　好きにすればいいじゃない。私も好きにするから」

そうして、私は婚約破棄の場へと臨んだのだった――。

折り返し地点となりましたわ

王太子は目を見開き、声を荒らげながら続けた。

どうやらよっぽど驚いているらしい。

「なっ……そんなこと、あるはずがないだろう！　お前が聖女だと⁉　でたらめを抜かすな‼」

「でたらめだとおっしゃいますか。真実も確かめないで決めつけるとは、そこまで愚かだと思いませんでしたわ」

「なんだと……⁉　お前、もしやそれが素なのか！　とんだ悪女だな！　騙《だま》された俺やミレーヌに悪いとは思わないのか！」

「論点をすり替えないでくださいませ。ねえ、ミレーヌ。あなたはおかしいと思ったことがあったんじゃないの？　聖女、聖女ともてはやされるわりにまったく力が使えないことに悩んだことは？あなたは本来魔力適合がないと聞くわ。聖女としての力はおろか、魔力すら感じ取れないのではなくて？」

ミレーヌは本来魔力がない。たいていの人間は自分では気づかない程度の量の魔力をその身に秘めているのだが、ミレーヌにはそれすらないのだ。多くの人間は微量の魔力を持っていてもなおその自覚がないのに、まったく魔力がない彼女はどう感じるか。感じ取れるはずがないのだ。もともとの魔力回路がないのだから。

私に矛先を向けられたミレーヌは顔を青ざめさせていた。視線は下に落ちている。その手はすがるように王太子の服の裾を掴《つか》んでいた。

こんなに殊勝な態度をとってはいるものの、聖女としての力に疑問を抱きながら聖女として君臨していたことに内心感服する。

ミレーヌは知っていたはずだわ。自分に聖女としての力がなかったこと、そして、本当の聖女は私だということを。それを知りながら、さも知らないように振る舞っていたのだからさすがと言うべきか。

「ミレーヌをいじめるな！　お前がそんな性悪な女だと知っていれば、婚約などしなかったものを……！」

「あら、殿下。ご存じない？　この婚約は私たちが生まれた時から結ばれているもののようですよ。つまり、私たちに拒否権はなかったのです」

そう言うと、王太子は憮然とした顔をした。

あら、あたり前のことを言っただけなのに怒らせちゃったかしら。嫌ね、怒りの沸点が低い人って。話していて疲れるわ。しかもこんなアホだとなると、余計に疲れる。

私はたたみかけるように言った。

「それと、お言葉ですがいじめというなら、私が受けてきた仕打ちの方がはるかにひどいんじゃありませんの？　家庭内虐待に、暴力。婚約者からはまるで遊び道具のように扱われる日々。あらあら、こうやって並べ立てると悲惨ですわね、私。どうやって償ってもらおうかしら？」

そこで、そこで、だ。ようやく王太子は、私が怒っているということに気がついたようだった。

馬鹿ね、遅いのよ。すべて。

王太子にとって私はまさしく静かでおとなしくで、遊ぶにはちょうどいいおもちゃだったのだろう。だけど哀れにも私はそれを優しさと受け止めてしまった。なぜか。

それはただ単純に私が人肌を、人との関わりをあまりに知らなすぎていたから。ひどい扱いでも私という個人を認識して相手をしてくれている事実には変わりない。それに私は情けなくも感動してしまっていたのだ。

ほら、よく言うじゃない。落ちるところまで落ちたら、なにをされても喜びと受け取ってしまう、なんてね。まさにあの状況だったわけだわ。

過去のことを思いふけりながら妹を見る。

彼女は王太子の服の裾を強く握りしめながらも、どこか勝気に見える瞳で私を見てきた。自分の有利を疑っていないようで、その瞳は変わらず輝いている。強い、こんな状況になってまで演じ続けるその胆力は、見直してあげてもいい。もっとも、もちろん褒めているつもりはないのだけど。

「私……！　私、お姉様がそんな目に遭ってるなんて……知りませんでした……！　知ってたら、知ってたら私……」

「なあに？　知ってたらあなたが助けてくれたとでも言うの？　ちょっと、三文芝居でもそんなセリフ言わないわよ。知ってる？　ミレーヌ、寝言は寝て言うものなのよ？」

思わず笑いを禁じえない。そもそもお前は私がこうなっていることを知っていたじゃないの。同じ家で暮らしていて知らなかったとはありえないだろう。知っていたのに見て見ぬふりをしていた。それがすべてだ。そして、彼女はそれをよしとしていた。

ミレーヌは自分の生まれにコンプレックスがあるようだった。王太子と婚約できないのも自分が妾腹《しょうふく》の娘だからか、と言っていたのを聞いたことがある。大方、本妻の娘である私が虐げられているのを見て、溜飲を下げていたのだろう。その根性悪はすさまじい。

「ひどい、ひどいわ……お姉様……」

「ミレーヌ……。黙って聞いていれば、お前は！」

「ですから、その安っぽい茶番はもう結構だとお伝えしましたの。おわかり？　殿下とその娘は同じことを何度も言われないと伝わらないの？　それともくだらない茶番劇に心酔することで頭がいっぱいなのかしら。だとしら、それは後にしてほしいわね。どうせ、これが終わったあなたたちはきっと、考える時間がたくさんあるのでしょうから。」

私に一刀両断された王太子は口が塞がらないようだった。こんなにたたみかけるように意見されたのは初めてだったのだろう。今までの私といえば主に受け身で、自分から話すことなどほとんどなかった。

私は王太子を見た。王太子は困惑しているようだった。先ほどまで怒りで顔を真っ赤にしていたのに、今はその勢いがそがれているようだ。

「殿下は私に、婚約者としてなにをしてくださいました？　戯れに私の髪を引っ張り池に突き落とし、さらにはその上に鯉の餌をまき、ああ、そうそう。私のドレスをわざと踏んで転ばせようとしたこともありましたわね。まあ、哀れにもわたくしはそれをあなたの優しさ……いや、スキンシップだと勘違いしたのですけれど」

「そ、それは……」

「それで。今さらなんだとおっしゃるの?」

私はパシッと片方の手に扇を叩きつけた。そして口もとに弧を描いて彼を見る。きっと今の私の笑みはひどく歪《いびつ》なものだろう。ただただ綺麗なそれではない。

「笑止千万。笑わせないでくださいまし」

私はにっこりと笑いかけると、とんとん、と自分の手に扇を打ちつけた。少し苛立った動作に見えたかもしれない。以前の私であれば絶対にしない仕草だ。王太子は驚きでなにも言えないのか黙っている。ミレーヌに至っては信じられないものを見る目で私を見ていた。

「……婚約者がいる身でありながらほかの女にうつつを抜かし、まるで私をいないもののように扱った王太子殿下。ああ、気になさらないで?　別にそれはかまいませんの」

「ミレルダ……」

「殿下にそのように名を呼ばれるいわれはもうありませんの」

私と殿下は婚約破棄するのだから、名を呼ばれるいわれはない。時間は限られている。これはさっさと言質を取るに限ると私は右手で扇を持ち、その先端を左手で持ちながら彼を見た。

「殿下、婚約破棄してくださるのでしょう?」

——立場が逆転していた。

つい一昨日までは王太子が私に婚約破棄を言い渡す方だったのに、今では私が彼に申し立てている。プライドの高い彼にはさぞ許しがたいだろう。

殿下はすぐさまムッとした顔をした。実にわかりやすい。愚鈍な王太子様。一昨日までは私はあなたを愛していましたわ、一昨日までは、ね。

「当然だ！　マクシミリアン・セイフェルーンはミレルダ・シェイランとこの場において婚約を破棄する‼　誰がお前のような高飛車で根性悪な女と結婚などするものか！」

「あら、奇遇ですわね。私もまったく同じことを思っておりました」

「なんだと……⁉」

「プライドだけは高くて、そのくせ小心者で考え足らずな能なしと婚姻するのは嫌ですわね、と申し上げたのです」

「な……！　お前は俺がそうだと言いたいのか！」

王太子はまたもや顔を真っ赤にして怒った。ミレーヌが悲鳴をあげている。王太子の表情は今にも剣を抜きかねない怒気をはらんでいて、いつ掴みかかってきてもおかしくない。

とにかく、言質はいただいた。先ほどの『婚約を破棄する』という発言。まさか名前付きで宣言してくれるとは思わなかった。私はそれを自分のイヤリングに仕込んでいた映鏡玉《レポーシ》と呼ばれる魔道具にその一部始終を映しておいた。これで言い逃れはできない。

「まさか。そんな恐れ多いこと申し上げませんわ。ただ、私が言いたいのは、私の振る舞いにものをおっしゃる前に我が身を鑑みていただきたいわ、ということです」

「馬鹿馬鹿しい！　今すぐお前のその小賢しい口を――」

「私、あなたに髪を切られたことも忘れてませんのよ？」

「はっ……⁉」

あれはまだ、お互いに幼い子供の時の話。この王太子は私の髪がふわふわで気に食わないから、というただそれだけの理由で貴族の令嬢たる私の髪を無残に剣で切り落としたのだ。あの時は唯一母と同じふわふわの髪――色は違うけれど。それを無残に切られたことに絶望し、泣いたものだ。

それを思い出したのか、王太子も少しうろたえている。ミレーヌは黙って私たちの会話を聞いていた。

「ね？　〝面々の鉢を払え〟という言葉があるでしょう？　私、この言葉はまさに殿下のためにあるような気がしますわ。おわかりかしら」

にっこりと笑って私は扇をぱっと広げた。完全に黙ってしまった王太子を、私は冷笑を浮かべて見ていた。

そして、そっとドレスのポケットに手を忍ばせる。そうするとなにかしでかすかと思ったのか、ミレーヌが悲鳴をあげる。

ひどいわね。まるで私が犯罪者かなにかのようじゃない。

私はあくまで被害者である。こと、ここに至っては、私は真っ当な意見しか言っていない。それなのにいまだに被害者ヅラしているミレーヌに笑いを禁じえない。

十六年間。十六年だ。十六年もの間虐げられていたのだから、これぐらいは許容範囲。まだまだ手ぬるい方だろう。復讐されないだけマシだと思ってほしい。

——まあ、これからのことが、私にとっての復讐になる、のかしら……。

ちなみに騎士や侍従は、先ほどからチラチラと私たちを見ている。

しかし、私が自らを聖女と言ったことに、どう対応していいかわからないようだった。この国において聖女という立ち位置は王族と同等の立場にある。当然だ。聖女はその力を使って国を守っているのだから。

だから、万が一私が聖女だったとしたら、余計な手出しができないのである。

恐らくそろそろ国王がこの場に現れる頃だろう。その前に、決着をつけておきたい。

「殿下、これは飴です」

私はそう言いながらポケットから袋をひとつ取り出した。中には色とりどりの飴が入っている。

私は殿下にそれを見せながら淑女らしい微笑みをのせて彼に言った。

「殿下の態度は婚約者に対するものとしては、最悪にもほどがあるものです。ご自覚はないようですけど。だけど——その責任の一端は私にもあります。私のおどおどした態度があなたの態度を助長させてしまったかもしれませんわね」

「え？　あ、ああ……」

殿下は訳がわからない、と言ったように私と飴玉を見比べている。私は彼を見て、またにこりと笑った。

「ですから、痛み分けとしませんか？」

「……は？」

「この飴玉の中のひとつには、毒が含まれています。即効性のある致死毒です。舐《な》めただけで死にます」

「なっ……‼」

「ですから、この飴をひとつ、私と殿下がお互いにひとつずつ食べるのです。大丈夫、毒の飴はひとつしかありません」

殿下が後ずさった。ミレーヌは爪の先が白くなるほどきつく彼の服の裾を掴んでいる。

「お互いに飴を食べて——それで死んだらそこまで。だけど、もし生き延びたら。そしたら、今回のことはなかったことにしましょう」

ね？

私はそう言って飴の袋を振ってみせた。それだけで殿下はびくりとその肩を震わせた。飴を投げつけるわけでもなし、というか飴を投げつけたとしても、人は死にはしないのにその怯えようときたら情けない。

なんだか拍子抜けしてくる。本当に私は、こんなののどこがよかったのだろう。優しくされれば、いや、人として接してくれれば誰でもよかったのだろうけれど。しかしよりによってなんでこんなのを好きになったのか。我ながら自分がわからない。

もちろん、これは殿下を試しているだけである。たとえ彼が飴を舐めて死に至ることがなかったとしても、許すつもりなんて微塵もない。

私は殿下をじっと見る。殿下は息をのんで飴玉を見ていたが――やがて、その手を振りかざした。

「ふざけたことを言うな‼　誰がこんな……っ！　こんなものを食べるか！　おい、衛兵‼　この女を引っ捕らえろ！　もう限界だ‼　牢屋にぶち込んでやる‼」

バシッと、振り払われた袋が地面に落ちる。コロコロと飴玉がいくつも転がっていった。中には割れてしまったのもある。それを見て、私はため息をついた。

「あら……。残念ですわ、殿下。これが最後のチャンスでしたのに。相変わらず頭の足りない方」

「なんだと……⁉」

「残念。時間切れです」

遠くで国王陛下が慌てた様子でこちらに向かってくるのが見えた。そして、衛兵もまた戸惑いながらもこちらに向かってきている。私はそれを見ながら、小さく呪文を唱えた。

「爆発《バーニング》」

あらかじめ組んであった術式に魔力を流す。呪文を心の中で唱え、それを指す図解を想像するのだ。これはもう直感としか言いようがない。私が異例なのか、聖女という性質がそうなのか。私は魔法を使うことに対して深く勉学を積んだことはない。勘と感覚。それがすべてだ。

そして、それはすぐに起こり始めた。城中のあちこちから爆発音が聞こえ、悲鳴があがる。爆発というよりも、もはや爆破の域に近いかもしれない。その衝撃は強く、足もとの地面をも揺るがした。ミレーヌが悲鳴をあげた。

「きゃああ！」

「な、なんだ……!?」

ミレーヌが王太子に抱きつき、王太子は慌てたように周りを見る。私はそれを見ながら、踵《きびす》を返した。王太子がなにごとか叫ぶ。しかし轟音《ごうおん》でかき消されてその声は聞こえないし、そもそも今はそれどころではないだろう。

早いところなんとかしないと、あっという間に王城は廃屋と化すだろう。それほどまでにこの魔法の威力は強い。

私はふと足を止めた。そしていまだにこちらを向いて固まっている殿下を振り向くと、今までで一番の笑顔を彼に見せた。

「ごきげんよう、マクシミリアン殿下。できることならもう二度とそのお顔は拝見したくはないものです」

そして、続けて言った。私は笑みをのせて、これ以上ないほどのはなむけの言葉を彼に贈った。

いや、彼らに。

「勝手に幸せになってれば?」

王太子としての責務も果たさず、考える脳すらない彼を待っているのは、暗澹《あんたん》たる未来だろう。本来の聖女である私をないがしろにし、勝手に婚約破棄をした。揚げ句、その聖女が国を出る原因をつくった彼はもう王太子としての肩書を失うかもしれない。

勝手に幸せになればいい。そして、幸せ《バッドエンド》を紡げばいいのだ。お望み通り、ふたりで。

爆発が次々と起こる中、私は思いついたように言葉を付け足した。

「勝手に幸せになってれば？　わた――」

だけど、タイミング悪く間近で大爆発が起きた。

――ドオオォン！

硝煙が立ち込め、ツンとするにおいが鼻を突くなにかが燃えるにおいがする……火災のにおいだ。

同時にあちこちから悲鳴も聞こえる。私の声はかき消されてしまったかもしれない。そう思った。

しかし殿下の目を見て、ちゃんと聞こえていたことに気づく。彼の紫根色《しこんいろ》の瞳がめいっぱい開かれている。私はそれを見て、気分がよくなった。

「……さようなら、マクシミリアン殿下」

最後に彼の名前を告げて、私はそのすぐそばで悲鳴をあげて彼に抱きついている女を見た。私の心の中には、怒りや悲しみといった感情はいっさいなかった。ただただ虚しいだけ。こんなののために十六年間を無駄にしたことが、残念でならなかった。

――さようなら。私という人間の尊厳を奪い、奪われることをあたり前とさせた人。

そして、悪魔であった私の妹とも、ここでお別れだ。人々の悲鳴と怒声、爆破の破裂音を聞きながら私は城門に向かうため庭園に出た。

知らずして速足になる。胸の鼓動がどんどん速くなる。興奮で呼吸も速くなった。初めてだ。初めて、私は今、自由というものを手にしている。その事実に興奮し感動がこみ上げる。そしてこんなにも爽快な気分になれるのかと驚きを覚えた。

――すべて、終わった

悪夢のような毎日は終わりを告げ、私はもうなんにでもなれるのだ。

なにをしようか。これからどうしていこうか。

幸いにも私には聖女としての力がある。この膨大な魔力があれば生きていくのに困らないだろう。

そう思った、その時。

「へぇ、舞台としては最高の出来だね」

呼び出した張本人は

庭園を出ようとした時。

花と蔦《つた》で覆われたアーチで見えなかったが、どうやらそこに人がいたようだった。

「‼」

思わず足を止め、手に魔力を込める。人がいるのにまったく気づかなかった。気配がしなかった……。

私がその人を見ると、彼は壁に預けていた背中を離した。

「おっと、そう警戒しないで。僕はアリアス・リヴァーロン。リヴァーロン王国の第二王子だ」

目の前の彼。リヴァーロン王国の第二王子と名乗った彼は、薄い笑みを浮かべた。

これが、アリアス殿下と私のその後の運命を決める出会いだった。

まばゆい白金の髪はさらりとしていて、少し長い。どこか挑戦的な瞳は王族の気品を漂わせており、全体的に余裕がうかがえた。口もとにはホクロがあり、それがどことなく軽薄さを滲《にじ》ませている。

「リヴァーロン……」

隣の大国の名前である。

だけどなぜ、リヴァーロン王国の第二王子がこんなところに……⁉

混乱する私の耳に、またひとつ、すさまじい爆発の音が聞こえてくる。それが彼にも聞こえたのだろう。彼は少し難しい顔をして、私の手を取った。

思わずギクリとする。だけど、彼はそれにはかまわずそのまま庭園を出て城の回廊に向かい、歩きだした。

「ちょっ……あの……！」

「いいから、来て。あの場ではゆっくりと話せない。裏に馬車を止めているから、そこで」

私は手を掴まれたまま、どうするべきか瞬時に考えた。一刻も早くこの場を出たいというのは同意見だ。

味方かもわからない彼についていくのは危険かもしれない。そもそもなぜリヴァーロンの第二王子がここにいるのか。

この手を振り払って逃げるべきなのかもしれない。

そう思ったが、万が一を考える。

もしリヴァーロン王国が私になにかしらの嫌疑をかけるなりして、本格的に私を探し始めたら。めんどくさいどころの騒ぎではない。リヴァーロンはこの国の比にならないほど大きな大国だ。余計な目はつけられたくない。

アリアス殿下は敵か、味方か。訳がわからない状況だが、いざとなったらこの魔力を駆使して逃げればいい。そう結論づけて私はアリアス殿下の後に続いた。

爆発があちこちで起きる。私のかけた魔法は空気中の魔力に反応して連鎖的に爆発が起きるという単純なもの。だけど、簡単だからこそその威力は計り知れない。これをすぐ止めようとするのであれば、少なくとも私と同等以上……いや、聖女レベルの魔力が必要になってくるだろう。単純にいえば、魔力なんて空気中の至る所に散らばっている。破壊したいところに魔法をかけておけば、なにかがそれに接触するたびに爆発するのだ。

今頃王城魔法使いは、てんやわんやだろう。

私はアリアス殿下に従って誰もいない回廊を通っていくが、それにしても人けがまったくない。恐らくみんな爆発から逃れることに必死で、警護が手薄になっているのだろう。

——こんなので本当に大丈夫なのか、この国。

私はそう思いながらもアリアス殿下に続いた。

階段を下りて、裏手に回って王城を出る。するとすぐ近くに装飾は控えめだけど精巧なつくりの馬車があった。恐らくアリアス殿下はお忍びでこの国に来ていたのだろう。高貴な身分だということを隠すために、この馬車にしたのかもしれない。だけど見る人が見れば、それが最上級のものであるとわかるはずだ。

アリアス殿下にエスコートされて私は馬車に乗った。アリアス殿下もそれに続く。

「さて、まずはこの城から離れようか」

「あ、あの……?」

「ああ。ごめん、説明が遅れたね。えーと自己紹介……はもうしたっけ。じゃあ、次に要件を言おうかな」

早速の本題である。

私は横並びになったアリアス殿下を見た。マクシミリアン殿下もなかなかの好青年だった。

そう、見かけだけはそれなりに爽やかな青年に見えたのだ。

しかし目の前にいるアリアス殿下は、好青年というより女性に好かれそうな甘い顔立ちをしていた。たしかリヴァーロン王国は王妃の子が跡を継ぐ決まりとなっている。彼は第二王子だが、現リヴァーロン王国の王妃にとって唯一の王子だったはずだ。第一王子もいるが、たしか彼の母は側室だったはず。

公爵令嬢としてはあまりに乏しい知識しかない私が知っているのは、それくらいである。

薄い唇の横に置かれたホクロが、彼の甘い顔立ちに拍車をかけているのだろう。

私はアリアス殿下を見ながら思った。

——こんなに甘い顔立ちをしていようが、美青年だろうが王族である以上、この人も政略結婚からは抜け出せないはず。

そう思うと、少し気の毒になってきた。政略結婚——というより、王家との婚姻はさんざんであったから、もうなにがあってもごめんこうむりたい。というより、貴族社会でもう生きていきたくない。

無理やり私はその枷《かせ》をはずして逃げ出したわけだが、この人はそうもいかないのだろう。王太子ということは、その責務を投げ出すことはできない……はず。

あの馬鹿王太子の例があるので、言いきるには少し自信がないけれど。

思わず見入っていると、アリアス殿下が苦笑した。

「……なにかな？」

「あ、いえ……。それで、アリアス殿下はなぜこちらに……？　そして、要件とはいったい……」

「ん――……まずは、なぜセイフェルーンに来たか、だけど。端的に言うと招待されたんだよね、きみのところの王太子に」

「殿下に……？」

思わず問いかける。そうすると、アリアス殿下は「そう」とひとつうなずいた。

「でも、どうしてアリアス殿下が……」

国力的にも規模的にも格上のリヴァーロンの王太子を、どうしてわざわざ王城に招いたのか。セイフェルーンの王城の様子を見た感じでは、王太子を招く用意はまったくされていないようだった。

私の言葉に、アリアス殿下はつまらなそうに窓枠に頬杖を突いた。馬車はいつの間にか動き出している。

「メッセージカードがね、届いたんだよ」

「メッセージカードが……？」

「おもしろい余興をやるので、ぜひ見届け人となってほしい――ってね。本来なら辞退するところなんだけど、今回はほかにも用事があってね。それで訪れていたんだ」

余興……。

間違いなく私との婚約破棄騒動のことだろう。今さらだが本当にクズがすぎる。あのクズ王子。

このままいけばマクシミリアン殿下は高確率で廃嫡されるだろう。だけどそれだけでは気が済まないような気すらしてきた。私のことを馬鹿にして見世物にする気だったのだ、あの王太子は。どうりで王城に見かけない顔が多いと思った、と内心毒づいた。

ちなみに公爵邸の方だが――。

そちらもまた、今頃とんでもない騒ぎになっているだろう。ミレーヌの母は公爵と結婚し娘を産んでおきながら、不倫していた。愛人がいたのだ。

ミレーヌの母は、私が公爵に告げ口をするとは露ほども思わなかっただろう。私がいてもいなくてもおかまいなしに、堂々と愛人との逢い引きを行っていた。

私はその様子を長年見ていたから、その愛人のことをよく知っている。ミレーヌは知らぬ存ぜぬで通すだろうが、間違いなくあの娘も知っているだろう。

だから、私はひとつだけお節介を焼いたのだ。

ミレーヌの母の恋人に、ミレーヌの母を装って手紙を書いた。そして、公爵が家にいる日にあえてその愛人を呼び寄せたのだ。手紙には別れ話を盛り込んで。愛人は執着にも似た想いをミレーヌの母に抱いていたから、ひと悶着どころの騒ぎではないかもしれない。もしかしたら刃傷沙汰《にんじょうざた》になっているかもしれない。

そして、呼び出した日はくしくも今日だ。

恐らく愛人と公爵は鉢合わせして、さらに公爵家にも仕掛けられた爆破魔法も作動して、大変な騒ぎになっているだろう。

　しかも、ミレーヌの母親は金遣いが荒かった。元平民だというが、とてもではないが平民の金の使い方ではなかったのだ。

　最終的には公爵邸を担保に金を借りる始末。しかもそれを公爵は知らない。その担保にした公爵邸は大炎上、金を借りるあてがないどころか、恐らくその金を返す手はずすら夫人にはないはずだ。公爵も、今回の——私の失踪と、聖女偽装の件について責任をとらされるはず。聖女をないがしろにし、揚げ句逃げられた罪は重いだろう。恐らく爵位は剥奪《はくだつ》されるはずだ。公爵位は召し上げられ、邸宅は炎上し、さらには膨大な借金だけ残った公爵夫妻はどうするのだろう。ミレーヌもまた、どうするのだろうか。

　今となっては関係のない話だが、王太子もミレーヌも、そして公爵夫妻もまた、どう転んでも待ち受けている未来は、明るいとはとてもではないが言えないだろう。それを考えた上での行動ではあったが、それでも胸がスッキリしたとは言えなかった。

　なんとも言えない、気分の悪さだ。

「だけど来てよかった。まさかこんなおもしろいものを見せてくれるなんて」

　アリアス殿下の言葉にハッとして、我に返る。

「あの……お言葉ですが、おもしろいものとは……」

「きみのことだよ、ミレルダ・シェイラン。僕はきみが気に入った。だから……僕の恋人になってくれないかな」

「……はい？」

私はたっぷり間を空けてから言葉を返した。こちらを見るアリアス殿下の瞳はいたずらっぽく輝いていた。淡い空の色を溶かし込んだような瞳に見られて、私は息をのむ。太陽の光を反射した湖面のような色合いでもあった。

「ちょうど、きみのような人を探していたんだ。ここに来ていた用事は違ったけど——いい掘り出し物に出会えた。ねぇ、僕の恋人になってよ」

「ちょ……ちょっと、待ってください！　どういうことですか？　なぜ、私が殿下の恋人に——」

というより、もう二度と王族や貴族のそういうものには巻き込まれたくない。思わず私が言うと、殿下がにこりと微笑んだ。口の端に笑みをのせて、王族特有の余裕をうかがわせながら言う。

——そういえば、マクシミリアン殿下にはこういった王族らしいオーラとか、そういうものがいっさいなかったわね……。

これはアリアス殿下の生まれ持った才なのだろうか。それともマクシミリアン殿下がただ単純に王族としての義務とか責務とか、そういうのを放棄した結果があれなのだろうか。

恐らく、どちらも正解なのだろうけど。

「契約だよ。僕と恋人契約をしてほしい」

「恋人……契約？」

思わず私はぽつりとつぶやいた。アリアス殿下は私を安心させるようにひとつ微笑んで、そっと私の手に指を絡めてきた。その優しい触れ合いにどきりと胸が鳴る。思わず手を振り払ってしまったが、アリアス殿下は気にしていないようだった。

「端的に言うと、僕の恋人を演じてほしい」

「な、なぜ……」

「きみが適任だからだよ、ミレルダ・シェイラン嬢」

アリアス殿下はそう言うと窓枠に腕を置いた。そして、私にそのまま説明する。馬車は一定の速さで走っている。空の雲行きが怪しくなってくる。恐らくこれはひと雨くるだろう。

「公爵令嬢として教育を受け、マナーはもちろん振る舞いにも問題はない。そして、きみはリヴァーロンの令嬢たちのように僕の妃の座を狙ってもいない」

「…………」

「こんな適任、ほかにいないだろう？」

いないだろう？　と言われても……。まったく話についていけない。私が戸惑ったままアリアス殿下を見ていると、アリアス殿下はことさら優しい声を出した。

「ミレルダ嬢、きみは今困ってるんじゃないかな」

「──え？」

ぐっと身を乗り出されて、距離が縮まる。その近い距離に思わず腰が引けそうになったけれど、かろうじてそれに耐えた。ふわりとハーブのような薬草のようないい香りがした。

これは香水ではなく、彼本来の香りなのだろうか。

「きみはセイフェルーン王国の王城を爆破した、いわばテロリストだ。指名手配されてもおかしくない。わかるよね？」

「は、はい……」

もっとも、聖女である私をテロリスト扱いするわけはないだろうけど。だけど捜索はされるだろう。それも執拗《しつよう》に。セイフェルーンとしては私を失いたくはないはずだ。私を失ってしまえば、その国防力は圧倒的に下がってしまうから。

そうすればそれは他国への隙になる。今までは私が結界を張っていたから侵略もなにもなかったが、それがなくなるとなれば話は穏やかではない。セイフェルーンは大国ではないが、それなりに豊かな国だ。セイフェルーンを欲しいと思う国はたくさんある。

私がうなずくと、アリアス殿下は甘やかな笑みをのせた。

「僕の恋人になってくれたら、僕がきみの身を守り、その身分を僕が保証しよう」

――どう？　きみにとっても悪い話ではないと思うんだけど。

アリアス殿下はそう続けた。それは、これからどう生きようか考えなければならない私にとって、渡りに船な話であった。

「――わかりました」

第二章

ミレルダ・シェイランの役目

アリアス殿下に連れてこられたのは、国境近くの宿だった。馬車を降りると御者台から御者と、そして剣士と思われる人が後に続く。

さすがにお忍びとはいえ護衛はついていたらしい。だけどそれでも護衛がひとりというのは少ないだろう。間違いなく、少ない。自国ではない上に彼は王太子なのだ。万が一のことがあったらどうするのだろう。

そんな私の思いを感じ取ったのか、不意にアリアス殿下は振り向いて、私を見た。ぱちりと目が合うといたずらっぽくその目を細めた。

「大丈夫だよ、こう見えて腕は立つ方なんだ」

「そうはおっしゃられても、最低限の護衛しか許されないそのご気質は、改めていただきたいですがね」

アリアス殿下の言葉に反応したのは、馬車に同乗した剣士だった。彼は短い黒髪に鋭い瞳をしていた。体格もよく、ひと目で剣士とわかる見た目だ。

ため息交じりに告げられた言葉に、アリアス殿下は手を軽く振った。

「自分の身くらい自分で守れる。それはお前も知っているところだろう。それに……」

そこでアリアス殿下は言いとどまった。どんな言葉が続くかわからず、思わずそちらを見る。

「……？」

しかしアリアス殿下はその後の言葉を続けることはなく、そのまま宿の方に向かった。

宿は見るからに手堅い、それなりに立派なものだったが、王侯貴族が使用するには少しグレードが低いような気がした。だけど恐らくアリアス殿下はあえてここを選んだのだろう。高級宿など使えば一発で素性がバレてしまうから。あくまでお忍びでセイフェルーン国に来てるのだから、気づかれたくないのだろう。彼がリヴァーロン王国の王太子だと知られれば、危険度はさらに高まるだろう。

今の話から察するに、恐らくアリアス殿下が連れてきた護衛の数は少ない。

万が一素性がバレ、セイフェルーンの追っ手に大人数で襲われたら面倒なことになる。まず逃げるために大幅な魔力消費は避けられないだろう。

「あまり大人数で行動すればセイフェルーン側も警戒するだろうしな」

「……ですが」

それでもなお、渋い顔で食い下がる剣士を置いて、アリアス殿下が振り向いた。私はそれにどきりとしながらも、彼と目を合わせる。アリアス殿下は私を見てふわりと微笑むと、その手を差し出してきた。まるで絵に描いたような王子様である。物語から飛び出してきたと言ってもおかしくない。

だけど忘れてはならないのはこのアリアス殿下も現実の、生きている人間であっておとぎ話のキャラクターではないということだ。

おとぎ話に出てくる王子様のようなふわふわした性格ではなく、時には残忍なことも手段として選ばなければならない、そんな立場の人だ。

マクシミリアン殿下は、もはや王族として数えていいのかわからないほどに愚鈍だったが、リヴァーロン王国の噂は、噂話に疎かった私にまで届いてくるほどだった。いわく、その王太子は若いながらも冷静沈着で、そして切れ者であると。その王太子の花嫁選びが難を極めていることも含めて、すべて伝わっていた。

今にして王太子の言葉を思い出す。

『公爵令嬢として教育を受け、マナーはもちろん振る舞いにも問題はない。そして、きみはリヴァーロンの令嬢たちのように僕の妃の座を狙ってもいない』

その言葉からして、アリアス殿下も妃選びには苦心しているのだろう。だからこそ、代役を立てる必要があった。妃選びを保留にさせるにしても、時間稼ぎするには限りがある。それを承知でアリアス殿下は、かりそめの恋人がほしいということなのだろうか？　だけど、なぜ私に……？

アリアス殿下の手に私は自分の手を重ねて、彼にエスコートされながら宿に入った。

宿の中はゴシック調な内装で、落ち着いた雰囲気があった。アリアス殿下はそこでフードを深くかぶると、そのまま受付へと向かう。さすがに顔は隠すらしい。

──アリアス殿下だと気づかれなくとも、彼の美貌なら目立ってしまうものね……。

アリアス殿下の美貌は際立っていた。中性的な顔立ちだが、しっかりとした腕や手のラインが紛れもなく男性のものだ。

受付でのチェックが終わると、私と剣士、アリアス殿下は部屋へと向かった。部屋の鍵を受け取ったアリアス殿下は、鍵の持ち手部分に指を引っかけてくるくると回している。

外はすでに大雨だった。

階段を上り部屋に入ると、嗅いだことのないにおいがした。この部屋の香り、というのだろうか。

「さて、じゃあひとまず座って。まず、今後きみにしてもらいたいことから話すね」

アリアス殿下はそう言いながらベッドに腰かけた。私はその手前のサイドチェアに腰かけた。剣士は部屋の隅に立つことにしたようだ。御者はどこに行ったのか、見あたらなかった。

「どこから話そうかな。まず、リヴァーロン王国で、貴族令嬢の誘拐が多発していることは知っている？」

「え……」

知らなかった。思わず声を出すと、アリアス殿下は苦笑交じりに髪をかき上げた。その仕草もまた様になっていて、これだから美形は恨めしい。

「誘拐事件……ですか」

それはまた穏やかではない。思わず居住まいを正す。

「そう。それも、今月に入って三人目だ。しかも今回の被害者が侯爵《こうしゃく》家の娘というのだから手に負えない」

ため息交じりにアリアス殿下は答えてくれた。ちなみに剣士は空気と化しているようだ。気配すら消しているようで、この部屋にはアリアス殿下と私のふたりだけのような気すらしてくる。

「その……誘拐されたというご令嬢は……」

「ああ、帰ってきてるよ」

「えっ⁉」

誘拐されたのに⁉

思わず驚くと、アリアス殿下は「そうだよね、それが普通の反応だ」とつぶやきながら足を組み替えた。どこか物憂げな様子がさらに彼の美貌に拍車をかけている。これは計算なのだろうか。

もし無意識なのだとしたら、この人は物すごい女たらしだと思う。リヴァーロン王国の王太子が類いまれなる美貌を持っているのは知っていたが、ここまでとは、というのが正直な感想だ。

面食いでない私ですら思わず見入ってしまうほどである。とはいえ、きらびやかなご尊顔を前にしても、王族はもう勘弁なので、どうにかなりたいとは思わないけれど。

「帰ってきてるんだよ、不思議なことに引き換え条件を突きつけられることもなくね」

「それはどういう……」

誘拐されてるのに帰ってきてる？

身代金目的ではないということ？　いや、その前にどうして犯人は捕まらないのか……。リヴァーロンの憲兵だって間抜けじゃないはずだ。そんな何回も令嬢が誘拐されて、恐らく同一犯であろうに、捕まえられないなんて、そんなこと……。

思わず考え込む私に、アリアス殿下が続けて言った。

「記憶がなくなってるんだよ」

「え……？」

「帰ってきた令嬢はみな、なにも覚えていない、と言っているらしい。気がついたら家のベッドで寝ていた、ってね。誘拐された時の記憶がまるごとなくなってるんだ」

「そんな……馬鹿な……」

そんなことってあるだろうか？

もしかして魔法？　呪術？　思わず私は視線を下げた。

どうしよう、この話、思ったよりも危険かもしれない。だけど今さらである。そう、アリアス殿下についてきてしまった以上、もう今さらなのである。

「そ、それで……どうして私がアリアス殿下の恋人を演じることになるのですか？」

「え？　ああ、うん……。それがね、その誘拐された令嬢、というのが全員僕の妃候補か、または、僕の妃の座を狙っていた子たちなんだよね」

「え……」

思わず口を閉ざす。

アリアス殿下は難しい顔をして顎に手をあてた。そして不意に視線を持ち上げると部屋の隅に控えているであろう剣士に声をかけた。

「ロバート、たしかひとりだけ、誘拐事件にまだ巻き込まれてない令嬢がいたよね」

剣士の名前はロバートというらしい。

ロバートはそれにうなずいたようだった。そして、低いテノールの声でアリアス殿下に答える。

「はい。グレイス・デスフォワード公爵令嬢は事件に巻き込まれる前に体調を崩し、王都から離れています」

「……そうか」

アリアス殿下はひとつため息をつき、そして私を見た。視線が絡んでどきりとする。アリアス殿下は私と目が合うと、少しだけまたいたずらっぽい笑みを薄くうかべた。

「というわけで、だ。今のところ僕の妃の最有力候補は全滅、めぼしい娘もほぼ巻き込まれている。王太子妃の座が絡んでることは間違いないだろう。だから……」

「だから……私に、おとりになれと？」

いや、まさか。まさかよね。

そう思って聞くと、ふわりとアリアス殿下は微笑んだ。そして麗《うるわ》しい笑みを浮かべて。

「そんなひどいことはしないよ。ただ、協力してくれないかなって」

そう言った。

それって結局……おとりになるってことじゃない⁉

しかし、ここまでついてきてしまった以上、やはり、やめます帰りますは通用しないだろう。リヴァーロン王国の内部事情を知ってしまった私を野に放す気もないだろうし。私は頭でぐるぐる考え、やがてため息をついた。

どうせこの先、することなど決まっていなかった。ならここらで人助けでもしようじゃないの。

それにアリアス殿下は見返りとして、私の身分を保証してくれると言った。

それはつまり、この件が無事に解決すれば私はこの国で、ミレルダ・シェイランではない人間として暮らしていくことができるということだろう。

それは、セイフェルーンに追っ手を差し向けられているであろう私にとって、願ってもない話だ。

それに……きっとこの人なら約束を破らないだろうし。しかし、さんざん他人に蔑まれ疎まれて生きてきた人生だ。出会ったばかりの人間をそう簡単には、やはり信じられない。

しかも相手は元婚約者と同じ王太子という立場の人。念には念を入れてしまうのは、仕方ないだろう。

私はじっとアリアス殿下を見た後、視線を逸らしながら告げた。

「わかりました。では……その、契約書をご用意いただけませんか？」

そう言うと、アリアス殿下は目を丸くした。

新しい人生を始めましょう

結局、アリアス殿下の好意で契約書は用意してもらえた。控えていたロバートが信じられないものを見る目で私を見ていた。なんて不敬な、とそう言いたいのだろう。わかっている。だけど私の今までの人生を考えれば、人間不信になってもおかしくないのだ。契約書を用意してもらうくらい大目に見てほしい。

そして、契約を済ませると、アリアス殿下は部屋を出ると言った。どうやら部屋を人数分取っていたらしい。さすがに未婚女性の私と同じ部屋という選択肢はなかったのだろう。配慮してもらえるだろうとは思っていたが、実際アリアス殿下に部屋を分けると言われて安堵した。

部屋から出る際、アリアス殿下がふと思い出したように言った。

「そうだ、ミレルダ嬢はセイフェルーンを出たら、もうミレルダ・シェイランの名前は捨てるつもり？」

「え？　え、ええ……」

厳密にいうと、捨てるつもりというより、もうすでにその名は捨てたつもりだ。

私がうなずくと、アリアス殿下は扉に向かう途中で足を止め、ふむ、と顎に手をあてて考えた。

そして私を見て、どこか楽しそうに言った。

「じゃあ、きみは今からルーナだ。姓は……どうしようかな。とりあえずタンブランとでも名乗っておいて」

「ルーナ、ですか……？　タンブラン……？」

まさかそんないきなり改名することになるとは思わなかった。しかもルーナとはまた、原型すらとどめていない。もとよりミレルダという名に思い入れはないし、むしろどこか硬い響きのそれが私は嫌いだった。妹のミレーヌはかわいい響きの名前なのに、どうして私はミレルダなのか。

小さい時はよく悩んだものだ。

私が問い返すと、アリアス殿下は満足そうに答えた。

「そう。月の女神、っていう意味だよ。セイフェルーンの隠された女神だったきみにぴったりの名前だろう？」

それは、褒められているのかけなされているのか。

暗に日陰で生きていたということを告げられている。しかしアリアス殿下の表情や言葉に悪意はないようだった。どうやら素で言っているらしい。

私はそれに気づいて、心の中で深呼吸をした。

――ルーナ・タンブラン。

それが、今日からの私の新しい名前……。

それは不思議と私の中に染み込んだ。最初から、その名前であったかのようだ。

「……ちなみに、タンブランというのは……」

私が聞くと、アリアス殿下は少しだけ楽しそうに瞳を細めて、指先をロバートの方に向けた。え、まさか。

「ロバートの家の名前だよ。きみはロバートの遠縁の娘ということにしておくから、そのつもりで」

「えっ……ええ……‼」

まさかこの、堅物そうな、いかにも冗談が通じなさそうな男の遠縁にされるのか、私は！

私は思わず驚いたが、アリアス殿下の突飛な提案に慣れているらしいロバートは、「そうですか……」と不服そうにしながらも、冷静に返事をしていた。

ちょっと待って、そんな簡単に受け入れてしまってもいいの……⁉

しかしアリアス殿下はそれだけ言うと、また私に笑いかけた。その人のよさそうな笑みが憎たらしい。

「じゃあ、ミレルダ嬢……じゃなくて、もうルーナだね。ルーナ、今日はいろいろあって疲れただろうから、もう休んで。明日にはリヴァーロンに戻るからそのつもりで」

「明日……⁉」

ずいぶん強行日程だわ……。

そう思いつつもうなずくと、アリアス殿下はまたひとつ微笑んだ。

「あまり国を離れていられないからね。今回もギリギリ、無理を通してきたんだ」

「ギリギリアウトの範疇ですけどね……」

疲れたようにロバートが言うのが聞こえた。

私はいよいよ、大変なことに巻き込まれてしまったのだと知った。

視線で人は殺せるのですわ

リヴァーロン王国は大国ではあるが、それと同じく薔薇《ばら》の名産地としても有名な国であった。なんでも二代前の王妃が大層な薔薇好きで、薔薇の品種改良を率先して行っていたとか。

次の日、アリアス殿下の言葉通り強行日程でリヴァーロン王国に来ていた私は、そのまま薔薇香る王城へと案内されていた。城を見て思う。

ここだけ見ても、セイフェルーンとの国力の差をまざまざと感じる。さすが大国……。

馬車を降りてから、アリアス殿下との演技は始まっている。私はアリアス殿下の腕に掴まりながらしずしずと歩いた。

――セイフェルーン国でも私の顔を知っている者は、ごくわずかだった。

私は王太子の婚約者であったが、夜会には滅多に出させてもらえなかった。その理由が、『みすぼらしいから』というものだった。

どこがみすぼらしいのかよくわからなかったが、とにかく公爵は表舞台に私を出したくなかったらしい。

パートナー不在の王太子は、最初は親族と参加していたが、そのうちその辺の令嬢や娘を引っかけるようになり、最終的にはミレーヌと参加することになった。

婚約者同伴の夜会でもそうだ。マクシミリアン殿下と公爵は、話し合った上でミレーヌをパートナーにすることを決めていた――。

どこまで人を馬鹿にすれば気が済むのだろう。やっぱり爆破くらいじゃ手ぬるかったかもしれない。

できることならあの人たちは、一時間に一回戸棚の角に足の小指を殴打する呪いがかかってしまえばいい。

外に出るたびに鳥の糞が落ちてきて、毎日寝る前には金縛りに遭ってしまえばいいのに。

そんな陰湿なことを考えていると、不意に声をかけられた。アリアス殿下だ。

アリアス殿下は前を向きながら声だけかけてくる。その声は少し潜められていた。

「難しい顔してるね、どうかした?」

「……いえ、薔薇が綺麗だな、と思いまして」

「きみは薔薇が綺麗だとそんな険しい顔をするの?　おもしろいね」

「…………」

言葉選びに失敗した、そう思っていると不意に突き刺す視線を感じた。遠慮のないそれに、思わずそちらを見たくなってしまう。だけど、それをとがめるように腕を軽く引かれる。

「こちらに意識を向けて」

「……私、突然誰かに刺されるのは嫌なのですけれど……」

「大丈夫、手出しはさせない」

本当か……?

今にも視線だけで人を殺せるのではないかというほど、強い眼差《まなざ》しをいただいているのに？　本当に守ってくださるのかしら……。

今さらながら、恋人役を引き受けたことが不安になってきた。

それより……。今私に向けられているのは、強い嫉妬と恋情のこもった視線。これは初めて受ける類いのものだが、そこに秘められた殺意には、覚えがありすぎるほどだった。こがれるような、刺されるような視線をピシビシと感じながらも、なんとか私は王城内を歩ききった。向かった先は客室のひとつらしい。

アリアス殿下はそこまで行くと、ようやく私の腕を放してくれた。

「はぁ。視線で殺されるかと思ったね」

「私なんて、すでに数回は殺されてるような気がしますわ」

それほどまでに令嬢の――恐らくあの眼差しは間違いなく、令嬢たちのものだろう。令嬢たちの視線は強かった。背中に穴があくならまだいい。もはやその視線は物言わぬ剣と化していて、容赦なくぶすぶすと刺してくるのだ。ここにたどり着くまでに何度その視線に殺されたことか。そしてもっといえば恐らく、あの令嬢たちの頭で私はすでに何回も殺されているのだろう。恐ろしい。本当に恐ろしい。

恋だとか、愛だとか経験したことがないからわからないけれど、それが絡むとこんなにも鮮烈になるのだと初めて知った。

部屋に入ると、アリアス殿下は私をソファまでエスコートして連れていってくれた。

「少し待ってて」

私をソファに座らせると、そう言って部屋を出てしまう。

残されたのは、私とロバートのみになった。

ロバートは相変わらず扉の近くに待機したまま口をつぐんでいる。護衛のためにいるのだから余計なことは話さないというスタンスはわかる、わかるけれど……。

――なにこれ、気まずくないのかしら……⁉

沈黙の重さにたえかねたのは、私の方だった。私は重苦しい雰囲気をどうにかしようと、ロバートに話しかけてみた。思えば、私から話しかけるのは初めてだ。

「ええと……今日から私はあなたと親戚の関係なのでしょうか」

問いかけると、わずかにロバートはその目を見開いた。まさか話しかけられるとは思っていなかったようだ。彼は理知的な青い瞳を数度瞬《まばた》かせてから、ようやく私の言葉に返答した。

「ああ。いえ……。そうですね、私とあなたはこれから遠い親戚という間柄になります。自国のトラブルに巻き込んでしまい申し訳ないと思っておりますが……」

それは、まあ今さらではある。

アリアス殿下に連れてこられた時点で、私の拒否権はないに等しかった。私は否定も肯定もできず曖昧に笑みを浮かべる。

「それと……私に敬語は使われなくて結構です」

「え？」

「ミレルダ嬢……失礼。ルーナ様は今よりアリアス殿下の想い人となります。言わば、アリアス殿下とは対等の立場になる」

「いやそんな……」

さすがにそれは飛躍しすぎではないかしら……。それにこれは演技なのだし。

そう思ったが、真面目腐ったロバートの言葉に、否定もできない。

「いいえ。こういうのは初めが肝心なのです。あなたには殿下の恋人として振る舞っていただかなければならないので」

そうしないと獲物が引っかからないものね……。

私はそう思いながらも首をかしげてロバートを見た。ロバートはやはり、見た目通りに堅実な男だった。融通がきかなそうというか、あのアリアス殿下とは正反対である。これでよくアリアス殿下と一緒にいられるわね……と内心独りごちた。きっとロバートはとても苦労しているのだろう。なにせ相手があのアリアス殿下なのだから。

私はひとりうんうんとうなずいた。

その時、部屋の扉がノックされた。どうやらアリアス殿下が戻ってきたらしい。

二回ノックされると、ロバートが部屋の扉を開けた。予想通り、そこにいたのはアリアス殿下だった。

アリアス殿下は私を見てわずかに目を細めた。どことなく楽しそうな顔である。

「ごめんね、待たせせちゃったかな」

「いえ、お気になさらないでください」

待ったといっても、たいして時間は経っていない。私がそう言うと、アリアス殿下はそのまま室内に入ってきた。そして、その後に誰か人影が続いた。

アリアス殿下と同じ白金の髪の男性だった。しかしアリアス殿下と違うのは、アリアス殿下のようにその髪は伸ばされていなかった。そして口もとにはホクロもない。代わりにあるのは、目もとのホクロのみ。

アリアス殿下は甘い顔立ちをしているが、その人は切れ長の目に、どこか鋭利な雰囲気を漂わせていた。

「……?」

誰、かしら……。

アリアス殿下と同じ雰囲気があることから、恐らくこの国の王族だろう。だけど夜会に滅多に参加しない私がその顔を知っているはずもなく、私は思わずアリアス殿下を見た。

その人はアリアス殿下とは違い、新緑を溶かし込んだような瞳の色をしていた。

「この子だよ、兄さん。ミレルダ・シェイラン公爵令嬢。今はルーナ・タンブランと名乗ってもらってるけど」

アリアス殿下の〝兄さん〟という言葉にハッとする。

アリアス殿下の兄君ということであれば、彼はリヴァーロンの第一王子ということになる。たしか第一王子の名前は――。

「レオンハルト・リヴァーロンだよ。ルーナ」

アリアス殿下に言葉を引き継がれ、私はハッとしてたった今紹介された人を見る。レオンハルト・リヴァーロン……。リヴァーロン王国の第一王子にして第二妃の息子だ。私がレオンハルト殿下を見ると、彼はあまり表情の変わらなそうな目をわずかに見開いて私を見ていた。

つい最近……というか、昨日の話だけど。婚約破棄騒動を繰り広げた隣国の公爵令嬢がここにいることに驚いているらしい。

――まあ、当然よね。いきなり隣国の婚約破棄した令嬢が現れれば、誰だって驚くわ。

しかもつい最近どころの話ではない。直近も直近。昨日の話である。しかも隣国の一貴族の婚約破棄というわけではなく、公爵令嬢とその王太子の婚約破棄。

そんな訳あり物件にもほどがある私がなぜここにいるのか、そうレオンハルト殿下は言いたいのだろう。

レオンハルト殿下はしばし私を見つめ驚いた表情を浮かべていたが、やがて平静を取り戻しアリアス殿下に視線を向けた。しかし、まあ……。

アリアス殿下を見た時から薄々思っていたけれど。

やはり家族全員みんなこんな美形なのだろうか。だとしたらリヴァーロン王族の血、すごい濃いわね……。

もしやレオンハルト殿下だけでなくほかのリヴァーロン王族も、みなこんな並はずれた美形なのだろうか。

そんな取りとめのないことを考えていると、どこか難しい顔をしたレオンハルト殿下がアリアス殿下に声をかけていた。

「どういうことだ？　アリアス」

「どういうもなにも、最近の令嬢誘拐の件について協力してもらうことになったんだよ」

「つい昨日、婚約破棄したばかりの隣国の公爵令嬢に？」

それは私も同感である。

しかし、もうリヴァーロンにも私の婚約破棄が伝わっているのか。今頃セイフェルーンはどうなっているのだろう。そんなことを考えているとレオンハルト殿下と目が合った。私はそっと席を立つ。そして淑女の礼を取った。

レオンハルト殿下はアリアス殿下と違うタイプの美形だ。

「お初にお目にかかります。レオンハルト殿下。私は……」

そこまで言った時、どう自己紹介すればいいかわずかに迷う。視線を巡らせると偶然アリアス殿下と目が合って、彼が少しうなずいた。その顔には薄く笑みが浮かんでいる。

「……ルーナ・タンブランといいます。私のことは……」

そこでまた言葉に詰まる。なにを言うにも、言葉が見つからない。私が今言えるのは、すでに私はミレルダ・シェイランではなくルーナ・タンブランとしてこの国にいることくらいだ。情報が少なすぎる。

実際のところ私はアリアス殿下にリヴァーロンに連れてこられたのだが、果たしてレオンハルト殿下にその経緯を伝えてもいいものなのかどうか。悩んでいると、私の言葉の後をアリアス殿下が引き継いだ。

「ルーナには僕の恋人役をお願いしたんだ。それで、兄さんにも協力してもらおうと思って」

そのひと言でなんとなく部屋の空気が剣呑《けんのん》になったのを肌で感じた。私は思わず息をのむ。

私が黙ってレオンハルト殿下を見ていると、彼は確かめるような視線でアリアス殿下を見ていた。

「グレイス嬢はどうする」

「グレイス・デスフォワードなら療養中で郊外にいるだろう。病状がよくならないので婚約者候補からはずさせてほしいと、公爵から直筆の手紙が届いた」

「それで？　彼女を恋人役に据えて犯人をおびき出そうとでもいうのか」

「ご名答。この件は放置しておくには危険すぎるからね。僕もまだ、死にたくないし」

やることがあるからね、とアリアス殿下は言葉を付け加えた。そしてようやく私をソファに座り直させると、自分もまたその向かい側に座った。

そしてアリアス殿下は、自身の兄君であるレオンハルト殿下には私の隣をすすめた。

「兄上はそちらへ。聞きたいことがまだあるだろう？」

そう言われると、レオンハルト殿下はしばらく黙っていたが、なにも言わずに私の隣に腰を下ろした。

「さて……。なにから話そうかな、ルーナ。まず僕の婚約者候補たちが次々誘拐されたという話はしたよね」

「……はい」

「それで、それだけならまあ、どうにかしていたんだけど。僕には実際あまり関係はないから」

ひどい言い様であるがその通りなのだろう。

貴族の令嬢がなにがしかのトラブルに次々巻き込まれているとなれば、王族として解決に身を乗り出さなければならない。だけど王太子自身が恋人役をわざわざ据えてまでトラブル解決に乗り出す理由にはならない。

本来王太子とは尊い身分の人で、自分から動くことは許されないのだ。

私がうなずくと、アリアス殿下はため息交じりに言った。

「暗殺未遂が起きたんだよ、僕の」

「……アリアス殿下の、ですか？」

「そう。犯人は誘拐された令嬢のひとり、リリアベル・ストラード伯爵《はくしゃく》令嬢だった。彼女の方から強くお茶会を望まれてね、伯爵としてもぜひ娘の復帰を祝してほしいと言われた」

アリアス殿下はその時のことを思い出しているのか、少しだけ遠くを見るような目になった。

レオンハルト殿下は、ずっと部屋の隅に控えていたロバートに、視線だけでお茶を用意するよう指示を出している。ロバートは小さく騎士の礼をとると部屋を出た。恐らく侍女にでもお茶の用意を言いつけるのだろう。

「最近になって婚約者候補のいさかいは、目もあてられないものになっていたんだ。僕としては辟易としていたんだけど……」

「殿下は婚約者を決めるおつもりはなかったのですか？」

私がそう口を挟む。婚約者候補の争いが苛烈を極めてきたとなれば、早めに婚約者を選べばいいだけだと思うのだけど……。そう言うと、アリアス殿下はうーんと少し難しい顔をした。

コンコン、と扉がノックされ、侍女がワゴンを押して中に入ってくる。

お茶の準備ができたらしい。

「決めるつもりはもちろんあるよ。僕だって、いつまでもこうしているわけにはいかないことを理解している。だけどね。ダメなんだよ」

「ダメ……？」

「この国の貴族のどれを選んでも、派閥のパワーバランスを崩す。唯一中立派であったグレイス・デスフォワード嬢は病を得て婚約者候補を辞退した」

私の疑問に答えたのは、隣に座っているレオンハルト殿下だった。彼は冷たい瞳でアリアス殿下を見た。

「だから早めに婚約者を決めるべきだったんだ」

「兄上が結婚してないのに僕が結婚できると思う？」

「……私が結婚するつもりがないことは、お前が一番知っているだろう」

「そう言っていられる立場でないことも、兄上だって一番ご存じでしょう」

アリアス殿下が薄い笑みを浮かべる。やはりピリピリとした空気が漂い、私はどうすればいいのか困惑した。そんな剣呑な空気を和らげるかのように、お茶の匂いがふわりと漂ってくる。

カモミールの匂いだ。私がそちらに視線を移すと、侍女と目が合った。彼女は私の方に視線を忍ばせていたらしいが、そこで思いきり目が合ってしまう。

彼女は焦ったように目を伏せながらひと言謝った。

「も、申し訳ありません……っ」

通常許しもないのに目上の人をじろじろ見るのは、ルール違反どころの話ではない。貴族階級の者同士だってそうなのに、ただの侍女である彼女がそんなことをしたら罰則ものだ。ただ、彼女の気持ちはよくわかった。突然降って湧いた私という存在が気になってるのだろう。

私はワゴンにのせられたカップの持ち手に触れながら彼女に言った。

「気にしないで」

カップ自体が温められていたのだろうか。ほんのりと温かいそれを持ち、口もとに持っていく。

そうすると、隣から「待て」と声がかけられた。

「……？」

「少し貸してくれるか」

「え……」

レオンハルト殿下に言われて私は困惑した。いや、お茶はあなたの目の前にもあるんだけど……。

そう思いつつ、私は自分のカップをレオンハルト殿下に差し出す。すでに侍女は立ち去っていた。

レオンハルト殿下は私のカップを手に取ると、少し逡巡《しゅんじゅん》したような顔をしていたが、やがて「失礼」と言って私のカップに口をつけた。

「えっ⁉」

「お、兄さんやるね」

私の驚いた声とアリアス殿下のからかうような声が響く。私はといえば、脳内パニック状態だった。えっ、だってそれ私のお茶よね……⁉　どうしてそれをレオンハルト殿下が口にしているのだろうか。

えっ、あっ……どうして⁉　よっぽど喉が渇いていたのだろうか。しかしそれにしても彼にもお茶はあるというのに――。

そんなことを考えていると、ひと口お茶を含んだ彼が、なにかを確かめるようにしてからつぶやいた。

「……問題ないだろう」

「えっ？」

「きみは、毒には慣れてるか？」

「え……あ、いえ……」

そこにきてようやく私は、レオンハルト殿下のとった行動の意味を察することができた。恐らく今、レオンハルト殿下は毒味をしてくれたのだろう。私のために。

しかし、それを理解すると同時に身が凍る思いをした。私のために毒味をした⁉　他国の、しかも大国の第一王子であるレオンハルト殿下が⁉

私が固まっていると、レオンハルト殿下はカップをソーサーの上に戻した。私はそれを見ながらレオンハルト殿下の手もとから視線をはずせない。彼はちらりと私を見ると、またしても姿勢を正した。

「アリアスは王太子だ。万が一があったら困る。私もアリアスも毒には慣れている」

「それじゃあ伝わらないでしょう。それに、面倒な肩書があるからこそ、僕もそれなりに毒には慣れさせられているんですけどね」

アリアス殿下がレオンハルト殿下の言葉を引き継ぐ。私はそれを聞きながら動揺しつつもお茶を見た。なんとなく、どうすればいいのかわからなかった。

アリアス殿下はそんな私を、足を組みながら見てきた。

「僕の恋人になるということはこういうことだよ。兄さんがいる時なら兄さんに毒味してもらえばいいけど、兄さんがいない時は僕がするから。慣れてほしいな」

「毒……味なんて、不要です」

それでももしもがあったらどうするのだ。言外にそういう意味を込めると、アリアス殿下が薄く笑みを浮かべた。その笑みはどこか寒々しく、冷たいものだった。

「不要だって？　それでもしきみが死んだらどうする。きみは今、僕たちが使える大切なカードのひとつなんだから、簡単に死なせるわけにはいかないんだよ」

アリアス殿下のその言葉に小さく息をのむ。

カード……つまり、手札、駒ということだろう。その言い方にいささか不満ではあるがたしかに言葉通りではある。私が黙ると、レオンハルト殿下が眉根を寄せた。

「アリアス、その言い方はよくないだろう」

「本当のことですよ。まあ、この件が片づけばきみは自由だ。リヴァーロン国にルーナという名前で新しい籍をつくるから、好きにしたらいい」

「……殿下は私が聖女であるということをご存じなんですよね？」

私は探るように小さく言った。殿下はそれを聞いてわずかに眉を上げた。そして、器用にもおもしろそうな顔を私に向ける。

「……知ってるよ。それできみはどうする？　その膨大な魔力でこのリヴァーロンごと滅ぼす？」

「アリアス」

レオンハルト殿下がとがめるように言う。私はそれを聞きながら、アリアス殿下の瞳を見つめた。深い、晴れた日の青空のような瞳。その瞳をじっと見つめ、やがて私は言った。

「……いいえ。しません。私はそこまで非人道的な人間に見えますか？」

「どうかな。僕は、きみがセイフェルーンの王城ごとふっ飛ばそうとしたところしか見ていないから」

「…………」

私は気まずく思いながら、カップに手を伸ばした。先ほどレオンハルト殿下が毒味をしてくれたお茶である。まだカップは温かかった。正直、逃げようと思えばなんとでもなる。今私を戒めるものはない。

逃げれば多少めんどくさいことにはなるが、この聖女の力をもってすれば逃げきれないこともないだろう。

だけど逃げるだけの人生ではつまらないし、どうせ乗りかかった船だ。

「渡りに船から乗りかかった船、ね……」

とんだ貧乏くじを引かされたようである。

私はまるで安っぽい詐欺師につかまったような気分になりながら、アリアス殿下を見た。殿下は私がこう答えることを予測していたのだろうか。

「そうですね、私はいざとなったら王城ごと吹っ飛ばすような人間ですもの。取り扱い注意な人物ってことになりますのかしら」

「きみのことは僕が丁重に扱うよ、お姫様」

「………………」

キザったらしいアリアス殿下の言葉に歯が浮く。私がどこかこそばゆく感じていると、レオンハルト殿下が深くため息をついた。

「……すまない。アリアスはこういうところがあるんだ、ただ、悪いやつではないから……」

「ひどいな、兄さん。僕は本当のことしか言ってませんよ」

「……お前には後で話がある」

レオンハルト殿下がどこか含んだように言うと、アリアス殿下は最初からそれがわかっていたのか小さく笑った。サラサラとした前髪が頬をすべる。

「それで、まずルーナには夜会に参加してもらいたい」

アリアス殿下は、レオンハルト殿下の言葉には答えず私の方を見た。私は戸惑いながらもレオンハルト殿下を見た。彼はアリアス殿下がそう答えるとわかっていたのだろう。その表情は変わらなかった。

「……夜会、ですか……？」

「そう。きみの恋人としてのお披露目の場だよ」

そしてアリアス殿下は付け加えるように続けて言った。

「王族主催の夜会だから、お披露目にはぴったりの場だね」

「……建国祭か」

レオンハルト殿下が組んだ足に頬杖をつきながら言った。それを見て、アリアス殿下もうなずく。

この人はいつも笑っている気がする。ポーカーフェイス、なのだろうか。甘い笑みを浮かべて、本心を悟らせない。

「その場で、きみには誘拐された令嬢とコンタクトを取ってもらう。なにか気づいたことがあれば、僕に報告して」

「ですが……」

昨日婚約破棄したばかりの私が、他国の王族の恋人としてお披露目、って。私の顔はあまり知られていないとはいえ、知っている人はゼロではない。

万が一私だと気づかれれば、婚約破棄そのものが仕組まれたものだと邪推されるだろう。私が困惑して言うと、アリアス殿下は「大丈夫」と告げた。なにが大丈夫なのだろうか。

「きみが困ることにはならない」

「……？」

そうして、アリアス殿下は席を立った。

アリアス殿下はお茶に手をつけていなかった。彼はレオンハルト殿下に視線を向ける。

「じゃあね、兄さん。また後で。夜会は来週だ。基本的なマナーはルーナの場合問題ないだろうから、必要なのは貴族の名前と顔の照らし合わせかな」

「貴族の名前と顔……」

「そう、有力な貴族の名前と……顔。夜会ではできる限り助けるけどルーナにもがんばってもらわないといけないからね」

そう言われて、私はしばし悩んだ末にうなずいた。もともとセイフェルーンの貴族の顔もあまり知らない。当然だ、夜会にあまり出ていないのだから。

昨日も、それまでほとんど訪れたことがなかった王城へ向かった時。見知らぬ顔がたくさんあったが、恐らく彼らもまた私がミレルダだとは思わなかっただろう。

――そういえばあの婚約破棄騒動もまた、それなりの野次馬がいたわね……。

みんな遠目に見ていたから顔こそあまりわからなかっただろうけど、髪色も日の光に反射して正しい色を識別できなかったはずだ。

そんなことに思いを馳せていると、最後にアリアス殿下は私をもう一度見て、部屋を出ていった。

やはり、お茶は飲まなかったようだ。

「――ミレルダ嬢」

「え？　あっ、はい……」

アリアス殿下のうしろ姿を見送っていた私は、レオンハルト殿下の言葉に少し驚いてそちらを向く。レオンハルト殿下はどこか難しそうな顔をしていた。

「アリアスがすまない。恐らく無理やり連れてこられたんだろう？」

「え……」

「きみが望むなら、アリアスには内緒で城から逃がしてやる。籍のことも――そうだな。私に任せてくれ。きみが逃げ出したことで追っ手を差し向けるような真似もしない」

「どうして……」

私は困惑気味にレオンハルト殿下を見た。深い、森のような瞳。きらめくような白金色の髪はアリアス殿下と同じだ。だけど怜悧《れいり》にも見える切れ長の目は、アリアス殿下とはまったく違う。一瞬冷たい印象を覚えるが、右目の横に置かれたホクロが彼の雰囲気を和らげている。どちらかというと色っぽく見えた。

「恐らく……きみがここに連れてこられたのは私のせいだ」

「え……!?」

驚いて私はレオンハルト殿下を見た。

私がここに連れてこられたのはレオンハルト殿下のせい……？　それはどういう意味なのか。そもそもアリアス殿下とも、レオンハルト殿下とも会ったのは初めてだ。なのになぜ、私がリヴァーロンに来たことにレオンハルト殿下が関わっているというのか。

私が驚いてレオンハルト殿下を見ると、彼は少し言いにくそうにした後、ため息をついた。

「……すまない。まだ今はすべて話せる自信がない。ただ、……そうだな、きみが望むなら、私にできることはなんでもしよう」

「それは……どうして……」

「言っただろう、きみがここに連れてこられたのは私の責任だと。それなら私はその責任をとる必要がある」

「……？」

私は困惑してレオンハルト殿下を見た。

夜会の準備が整いましたわ

結局、私は時間をもらうことにした。そして、あれから一週間が経った。

レオンハルト殿下の好意に甘えて、王城を出ることも考えた。だけど、どうしても引っかかる。

まず、私がここに連れてこられた理由がレオンハルト殿下にあるというのは、どういうことなんだろう。

レオンハルト殿下は理由をかたくなに話してくれなかった。それに、〝まだ〟今はすべて話せる自信がない、とはどういうことなのか……。時がくれば話してくれるのかしら？

それに、アリアス殿下がお茶に一度も口をつけなかったのもどこか気になった。アリアス殿下とレオンハルト殿下の間に漂う空気の悪さも、だ。

もしかして、今回の誘拐事件、レオンハルト殿下が関わっている……？

だとすれば、私がセイフェルーンからリヴァーロンに連れてこられた理由をつくったのはレオンハルト殿下、という仮説が整う。

私は困惑しながらあてがわれた部屋で横になっていた。

あの時お茶をついでくれた侍女――ソフィアは、私付きの侍女となった。彼女の素性は、まだ詳しくは知れていないが、私はその飾らない性格を好ましく思った。異国にいて、誰ひとり知り合いがいない中で侍女を選ぶのであれば彼女がいいと思い、私から推薦したのだ。

秘密裏に、私の淑女教育と称した貴族の名前を覚える時間が取られ、私は日中常に貴族図鑑とにらめっこすることになった。アリアス殿下はふらりと私の部屋に現れては、進捗を確かめてまた部屋を出ていく。

意外にもレオンハルト殿下もたびたび訪れては、クッキーやマフィンの差し入れをしてくれた。

ある程度貴族の名前を頭に入れた時には、すでに夜会は明日に迫っていた。

そして、夜会の直前となって私はひとつ疑問を抱いた。

ドレスはどうするのかしら

さすがにドレスは用意してもらえるだろう。身ひとつでやって来た私に「ドレスは自前で」なんて鬼のようなことは言わないと思う。というか、今言われても困る。

ドレスのことを聞かないで今日まできてしまったことを後悔し、どうしようかと悩んでいると、偶然扉が叩かれた。時刻は夜の八時。食事を終えたばかりである。

アリアス殿下が明日のことについて説明しに来たのかしら……。そう思っていると、取り次いだソフィアが私の方までやって来た。

「レオンハルト殿下がいらっしゃっています……」

意外なことに、お客さんはレオンハルト殿下だったらしい。レオンハルト殿下は部屋に入ると、椅子の上に座っている私に目を向けた。そして一度足を止めると、どこか苦い顔をした。

なんだっていうのかしら……。アリアス殿下もアリアス殿下で謎だが、レオンハルト殿下はその上をいく。

私が不思議に思っていると、レオンハルト殿下は歩み寄り、私の前に立った。

「すまない、邪魔してしまっただろうか」

「いえ……お気になさらず。後は入浴して寝るだけだったものですから」

「にゅうよ……。そうか、そんな時に来てしまってすまなかったな。少し手間取ってしまって」

「……？」

手間取る……？　私が困惑していると、こほん、とひとつレオンハルト殿下は咳払いをした。そして真っすぐに私を見ると、どこか堅苦しい様子で私に告げた。

その目もとは少し赤く、発熱しているように見える。

やだ、風邪かしら。

大丈夫だろうか。夜会は明日である。

「明日のことだが」

「あ、はい」

まさか体調大丈夫ですか？　といきなり聞くわけにもいかない。私がうなずくと、レオンハルト殿下は少し逡巡したものの、やがて言った。

「ドレスはこちらで用意している」

「ありがとうございます」

やっぱりそうか。よかった、自分で用意しろなんて言われなくて。そんな無体なことを言われるはずがないとわかってはいたものの、そうであることに心底ほっとした。

アリアス殿下のあの、なにを考えているかわからないいつもの様子から、そう言われてもおかしくなさそうだなと思ったのは内緒である。

「驚かないのか？」

「えっ、ドレスは用意してくださってるんですよね？」

レオンハルト殿下は、どこか戸惑ったようにしながらもうなずいた。そして、やや視線を逸らしながらも私に聞いてくる。

「……ドレスを用意したのがアリアスではなく、私だったことに驚かないのかと……」

「えっ、そうなんですか？」

私は驚いて声をあげた。ドレスを用意したのは、てっきりアリアス殿下だと思っていたからだ。

それをレオンハルト殿下が教えてくれたのかと……。

私が驚くと、レオンハルト殿下はやはり少し目もとを赤らめながらも私を見た。ここでようやく私も気づく。レオンハルト殿下は照れているらしい、ということに。この人切れ長の目でどこか鋭利な雰囲気をしているけれど、もしかしてすごいかわいい性格をしているのではないだろうか。ドレスひとつで照れられると思わなかった。

もしこれで、単純に体調不良とかだったら穴でも掘って埋まりたい気分だけど。

そう思いつつ私は笑ってレオンハルト殿下に答えた。

「ありがとうございます、うれしいです」

誰がドレスを用意しようが、用意してもらえて感謝である。これでセンスが破壊的だとか壊滅的ですらなければ、なんでもいい。質なんて気にしない、着られればそれでいいのである。私が笑うと、またしてもレオンハルト殿下は言葉に詰まったようだった。

なににしても、これで明日の用意は整ったわけだ。

いざ、夜会

次の日。

夕方になるとアリアス殿下が迎えに来てくれた。すでに侍女によって用意をさせられていた私は彼を迎えた。

夜会に出るのは初めてではないとはいえ、最後に参加したのは実に十年前である。今になってダンスが不安になってくる。

そうよ、ダンスよ……！　私、踊れるかしら……。

そう思っていると、正装服に身を包んだアリアス殿下が私を見てきた。

「やぁ、ルーナ。今日は一段とかわいらしいね」

「アリアス殿下も……。今日は一段とお麗しいですわね」

お世辞であろうアリアス殿下の言葉と違い、私のは本心である。アリアス殿下はもともとの顔立ちがいいというのもあるが、白を基調とした正装服に身を包むと、さらにその美貌に磨きがかかっていた。

「そうかな。きみの魅力の前には僕なんてかすんでしまうんじゃない？」

「ふふふ」

おもしろい冗談である。

これが違う紳士であれば扇で顔を隠していたが、これに限っては間違いなく冗談である。私なんかより何段も美しい王太子に言われたところで、あまりうれしくはない。逆に喧嘩《けんか》を売っているのかとすら思ってしまう。

私が笑うと、「本心なんだけどな」と言ってアリアス殿下は苦笑して私に手を差し出してきた。

レオンハルト殿下が選んでくれたドレスは、アリアス殿下の白い正装服に合わせたように、白を基調としたものだった。

スッキリとウエストが絞られていて、背中ははしたなくない程度に開いている。腰もとには青と銀を使用した、キラキラとした薄い布がリボンのように巻かれている。足もとにいくにつれ広がるような構造のドレスの裾には白の薔薇が緻密に縫い込まれていて、とても美しい。

最初見た時はその綺麗さに驚き、そしてこんな綺麗なものが自分に似合うのだろうかと少し心配にもなった。

だけど用意を手伝ってくれたソフィアに絶賛され、少し自信を持ったところだったのだ。

ソフィアとは初日に顔を合わせてから、だんだんと親しくなっていた。ソフィアは私がアリアス殿下の恋人だと思っているらしく、このドレスをプレゼントしたのもアリアス殿下だと思っている。

「さて、ルーナ。それでは夜会に向かおうか」

「はい、アリアス殿下」

「……しかし、意外だったな」

「なにがですか？」

身長差があるため、見上げるような形で私が聞くと、私と腕を組んだアリアス殿下が前を向きながら小さな声で言う。「きみはとっくに城を抜け出していると思った」

「……それを許さないのはアリアス殿下ではありませんか」

私もまた声を潜めてアリアス殿下に言う。

広い廊下で、すれ違う侍従や侍女が驚いた顔をする。婚約者もいないアリアス殿下が女性をエスコートして夜会に向かうのが、信じられないのだろう。彼は今まで、夜会は親族を伴って参加していたと言っていたし。

私はマクシミリアン殿下をちらりと思い出した。彼の婚約者なのに、こんなふうにエスコートされたことは一度もなかった――。夜会といえば嫌でもマクシミリアン殿下を思い出す。それだけで憂鬱になった。

「そうだけど。兄上に話を持ちかけられたんじゃないの？」

「え……」

思わず驚くと、アリアス殿下は小さく笑った。一瞬、視線が絡まった。

「やっぱり。兄上も人がいいからな」

「それは……どういう……」

私は今になってレオンハルト殿下の『きみがここに連れてこられたのは私のせいだ』という言葉を思い出していた。しかしアリアス殿下はそれには答えず、しみじみとした口調で言った。

「だけど、まだきみは城《ここ》にいる。少しは期待していいのかな？」

「……なにをですか？」

答えはわかりきっているものの、聞いてみればアリアス殿下は笑って答えた。穏やかな空色の瞳と目が合う。

「僕を助けてくれる？」

「……それは、」

どういう意味ですが、とそう聞こうとした時。

ちょうど広間の前に着いたらしい。侍従がアリアス殿下に声をかけ、広間の扉が開かれる。きらびやかな光が目に入り、賑やかな音楽が耳を打った。

「アリアス・リヴァーロン王太子殿下、入場――」

厳かな声で告げられ、私は否応なく前を向くことを強制された。私の方をちらりと見たアリアス殿下が小さく笑ったのが気配でわかった。

ダンスは不安と緊張にさいなまれながら挑むこととなった。しかし初心者用の舞楽だったのが幸いだった。なんとかついていけている。

だけどそれでも十年のブランクは大きいもので、何回か足もとをふらつかせてしまった。そのたびにアリアス殿下に支えられ、私は気まずく思った。

「すみません……」

「いや、ダンスのレッスンはしてないんだから当然だよ」

アリアス殿下はそう言ってくれたが、普通の公爵令嬢であればそのレッスンはいらないはずである。アリアス殿下はどこまで私の事情を知っているのだろうか。

気になったが、会話を楽しむ余裕などもちろん私にはない。やっとのことで踊り終え、私はアリアス殿下からスパークリングワインをもらった。

「大丈夫？　疲れた？」

「いえ……その、たびたびご迷惑をおかけしてすみません」

ギリギリ足を踏まずには済んだものの、スカートの内側ではひどいありさまだった。バタバタ足を振り乱しテンポは乱れるわ体がぶつかりそうになるわで、アリアス殿下のエスコートがなければ恐らく私は盛大によろけていただろうと推測すらできる。しかし会場で無様な真似を見せずに済んだのは、ひとえにアリアス殿下のおかげだろう。私は素直に彼に感謝した。

「気にしないで。そもそも無理を言って夜会に参加してもらってる身だしね」

「いえ……」

私は黙るしかなかった。

先に言っておくべきだったんだわ……。しかし公爵令嬢ともあろう娘がダンスひとつまともにこなせないとは、なにが公爵令嬢なのか。アリアス殿下はたしか私が公爵令嬢で、マナーや振る舞いに問題がないから恋人役に抜擢したのだと言っていた。にもかかわらず、この失態……。

自らが進んで恋人役を引き受けたわけではないが、やるとなった以上、それなりの成果を出せない自分が情けなくて、少し自己嫌悪に陥った。

アリアス殿下はそんな私を見ていたが、やがて私の手を取って歩きだした。私の手からスパークリングワインを取り上げて侍従に渡す。

私はアリアス殿下の手に引かれながら広間を横切った。ちらほらと気色ばんだ視線を受けながらも私は黙って歩くアリアス殿下の顔を見上げた。

「あの……？」

「挨拶をする前に少し、踊ろうか」

「え……!!」

いや、さっきのダンスで私がダンスが不得意なのはわかったはずだろう。しかも今流れている曲はかなり難しい。テンポが早くリズムが取りにくいのだ。

私が困惑していると、しかしそれにかまわずアリアス殿下はそのまま広間を突っきって、バルコニーに出た。

……バルコニー？

そして、さらに進むと彼はバルコニーの階段に足をかけて、そのまま裏庭へと出てしまった。裏庭は人けがなく、静かだ。だけどまだ歩みを止めないアリアス殿下は、さらに壁沿いに歩くように回り、また少し歩き始めた。手を引かれている私は困惑しながらも彼についていく。アリアス殿下の思惑がわからない。空には綺麗な満月が浮かんでいた。

今日は雲がなく晴れていたからか、綺麗な月夜だった。

「うん、ここら辺ならいいかな」

そこでようやくアリアス殿下が足を止める。

そこは、ひっそりとした庭のようで、少し行ったところに小さな湖が見えた。

「あの……ここは？」

「ここは、王族専用の私庭だよ。ここなら誰も来ない」

「……？」

私が困惑していると、アリアス殿下が不意に顔を上げた。アリアス殿下と視線が交わる。周りに誰もいないからか、その湖面を映したような瞳が真っすぐに私を見ていたからか。思わずどきりとしてしまう。

「うん、じゃあ踊ろうか」

「え……!?」

耳をすませば微かに音楽が流れ聞こえてくる。先ほどの複雑なステップを必要とするであろう音楽は終わっていて、今はゆったりとしたワルツが流れている。私が思わずアリアス殿下を見ると、彼は私に手を差し出していた。

「ダンスは本来、そんなに緊張する必要がないものなんだよ」

「あ、あの……？」

「手を。ルーナ」

私は言われるがままにアリアス殿下の手にそれを重ねた。アリアス殿下は白い手袋をしていて素肌が触れ合うことはなかったが、なぜだか少し緊張した。私の手を掴んだアリアス殿下は私の手をぐっと引くと、そのまま踊りだす。少し焦ったが、周りに人がいないのもあって先ほどよりは緊張もしていない。

ふわりと視界が揺れて、自然と足がステップを踏む。

「うんうん、うまいうまい。そうやって、音楽を楽しみながら踊るものなんだよ。本来はね」

「それを……それを教えるためにわざわざ？」

わざわざ、それだけを伝えるためにここまで来たというのか。そう思って聞くと、アリアス殿下は少しいたずらっぽく笑んだ。

その微笑み方はいつもと変わらないのに、ここが誰もいない裏庭で、そして月明かりしかないからだろうか。いつもよりも蠱惑《こわく》的に映った。

「ダンスに苦手意識がついたらかわいそうだろう？　ダンスは本来こんなに楽しいものなんだって知ってもらわないとね」

「……アリアス殿下はダンスがお好きなんですか？」

「いーや、全然」

「!?」

思わず驚くと、アリアス殿下は少し笑った。そして私の腰を抱きながらゆっくりと一回ターンをする。アリアス殿下はどこか考え事をするように言った。

「ダンスはあんまり好きじゃないかな。余計なトラブルばかり招くから」

「トラブル……？」

「ダンスを踊る、というより大切なのは誰と踊るか、なんだと僕は思うんだよね」

「……？　どういう……」

またひとつ、ターンをしながらアリアス殿下は笑った。軽快な音楽に身を任せながら私はアリアス殿下を見る。先ほどは緊張して楽しむことすらできなかったが、今は自然とこの時間を楽しんでいた。

私がアリアス殿下をじっと見ていると、アリアス殿下は微笑んで、なにか言いかけた。

そしてその時——音楽が止まった。

曲が終わったのだ。私はそれに気がついて、ぱっと体を離した。アリアス殿下も自然に手を離す。

「さて、そろそろ戻らないとね。本来の役目を果たさないと」

「そ、うですね……」

なんだか、さっきのは少しおかしかった。いつもと違う、ような。

いつもと雰囲気があまりにも違ったからだろうか。すぐにいつもの彼に戻ってしまったことに、なぜか私は戸惑ってしまった。

ガーネリアという少女

「ご無沙汰しております、アリアス殿下」

　夜会の会場に戻り、しばらくするとひとりの少女がアリアス殿下のもとにやって来た。

　目の前でにこりと笑う彼女は燃えるような赤毛をしていた。だけど意外にも彼女からは鮮烈な印象は受けない。どちらかというとおとなしい性格のように見えた。私はちらりと隣に立つアリアス殿下を見た。彼は目の前の少女に笑いかけると、声をかける。

「久しぶりだね、ガーネリア。元気そうでなによりだ」

　その言葉にやはり、と思う。

　貴族図鑑を見ていたからうっすらそうかと思っていたが、やはり彼女はガーネリア・ロフィックスらしい。ということは伯爵令嬢。ロフィックス伯爵の長女であるはずだ。声をかけられたガーネリアはほんのりと頬を染めてアリアス殿下を見た。

　ガーネリアはアリアス殿下の婚約者候補のひとりだったらしい。そして、彼女もまた誘拐された令嬢のひとりだ。

「ありがとうございます。また殿下とこのようにお話することがかなって、うれしゅうございますわ……」

「それで、どうかな。調子は変わりない？」

殿下は私の腰を抱きながらガーネリアに話しかける。ここでは私は殿下の恋人である。私もまたその手に逆らわず殿下に身を任せていた。

「はい。おかげ様で……」

「記憶の方はまだ？」

「……申し訳ありません、思い出そうとすると、どうにも頭痛が……ぁ」

そう言ってガーネリアは少しふらついた。どうやらまた思い出そうとして頭痛を催したらしい。そして、それをアリアス殿下が手を軽く上げて止める。

「ごめんね。悪いことしてしまったかな。まだ痛むようであれば無理に思い出す必要はない」

「……ありがとうございます」

ガーネリアは少し表情を暗くしてそう答えた。そして、ガーネリアは私の方を見る。ばちりと緋色の瞳と目が合う。目が合って、どきりとする。

ガーネリアは私を強い力で見ていた。睨む、とはまた少し違うような気がする。

それと同時に形容しがたい震えが走った。なにか、嫌な感じ、としか言えないのだけど……。ちりちりとした違和感が私を刺す。

「……この方は？」

そこでようやく私の方に話を振られる。私はガーネリアの言葉にはっとした。なんだったのだろう、今の違和感は。

話を振られた私は少し悩みつつアリアス殿下を見た。アリアス殿下に紹介されるまでは黙っていた方がいいだろう。アリアス殿下は私を軽く引き寄せると、ガーネリアを見ながら言う。

「この子はルーナ。タンブラン家の遠縁の娘だよ」

「ルーナ様……。そうですか。それで、殿下とのご関係は……」

やはりというか、聞かれたか。

私はこれからアリアス殿下が言うであろう言葉に身を固くした。今から針のむしろとなるであろう視線が恐ろしい。アリアス殿下はそんな私をなだめるように背を軽くなでた。なでる、というよりトントン、と優しく叩く、と言った方が近いだろうか。

「彼女は僕の恋人だよ。ねぇ、ルーナ」

「……はい」

そこでようやく私は口を開いた。私がうなずくと、わずかに広間にざわめきが広がるのがわかった。なんだかんだ言ってみな、聞き耳を立てていたらしい。

私がうなずくと、ガーネリアは絶句したようだった。わかってはいたが、ガーネリアはアリアス殿下を慕っていたようだ。それなのに突然恋人だと紹介されたのだから、このような反応にもなるだろう。

「恋、人ですか……。そうですか……。殿下は、あの、この方を王太子妃に……？」

ガーネリアが聞きにくそうにしながらも、アリアス殿下に尋ねた。ずいぶん聞きにくいことをあっさり切り込んでくるわね、と私は内心ガーネリアの潔さに驚いた。おとなしそうに見えてもその中身は意外と正反対なのだろうか。

アリアス殿下は聞かれた言葉に口もとに笑みを浮かべた。そして私の腰をもう一度引き寄せると、まるで睦言のように甘い声で答える。

「どうだろうね？　そればかりは、ルーナ次第かな」

「それは……」

ガーネリアが答える。

その言葉は、私の気持ち次第とも聞こえるし、私の振る舞い次第で妃になれるかどうかを選定すると言っているようにも聞こえる。だけど王太子妃の候補者であるガーネリアにとっては衝撃的な言葉だったのだろう。驚いて目を見張っていた。

「……っ、殿下。私は」

「これはこれは、ガーネリア嬢ではありませんか」

ガーネリアがなにかを言いかけた時、横入りするように誰かが割り込んできた。見ればふくよかな体型の男性が、隣に若い青年を伴って私たちに近づいてくる。

恐らく男性はアリアス殿下に声をかけたかったのだろうが、身分がそれを許さないためアリアス殿下と話していたガーネリアに声をかけたのだろう。私がそちらを向くと、しかしそれより先に若い青年と目が合った。青年はじっと私を見ている。

——なにかしら……？

「これは、ルイビス伯爵。いらしていたのですね」

「ええ、王家からの招待を断るなど、恐れ多くてできませんからな。……して、殿下。そちらのご令嬢は……」

アリアス殿下が男の名を呼んだことで、私も脳内の貴族図鑑と目の前の男が一致する。ガードナー・ルイビス。アリアス殿下の婚約者候補として有力な娘を持った父親のひとりである。そして、たしかルイビス伯爵はひとり娘しかいなかったはずだけど、隣に立つ青年は誰なのかしら……。

私が不思議に思っていると、アリアス殿下は私の腰を抱きながらもルイビス伯爵に答えた。

「ああ、彼女は僕の恋人のルーナです。タンブランの遠縁の娘ですよ」

「なんと！　殿下にそのようないい人がいるとは存じ上げませんでした」

「秘密裏に育んできたものですからね、愛を」

なんとも歯の浮くようなセリフである。だけどそれをサラッとそれを伝えたアリアス殿下は、さらにルイビス伯爵に尋ねる。

「それで、伯爵。私の方も聞きたいのですが、隣の彼は？」

伯爵は聞かれるのを待っていたようで、聞かれるとはしゃいだように答えた。そのふくよかで少し脂でてかった顔がうれしそうに破顔する。

「ああ！　彼はユースケと言います。すでに王家にはご連絡したと思いますが、愛し子のユースケですよ」

——愛し子？

聞きなじみのない言葉だ。だけどアリアス殿下はわかったらしい。「ああ、彼が」とつぶやくのが聞こえる。それに、彼の名前はユースケ？　ずいぶん珍しい名前である。

「彼が、異世界からの渡り人なんだね」

「……渡り人？」

私が小さくつぶやくと、それが聞こえたのかアリアス殿下がこちらを向いた。だけどそれは一瞬で、すぐに彼はユースケと呼ばれた青年に視線を戻した。

「そう……。きみがユースケなんだね。それは名前？　それとも姓？」

アリアス殿下が尋ねると、ユースケと呼ばれた彼が一歩前に出た。黒髪に黒目の、どことなく粗野っぽい青年だった。その体躯はひょろひょろに細く、骨が浮いているように見える。だけど彼の目は異様と言えるほどぎらついていて、私は少し気味悪く感じた。

「名前です。本名はセリザワ・ユースケと言います」

「セリザワ、ユースケね……。珍しい名前だね。とはいえ、渡り人はみなそのような珍しい名前をしているという。きみもそうなんだね」

「はぁ。まあ、ニホンジンならみんなそうだし……」

「ニホンジン？」

アリアス殿下が尋ねる。私にも聞き覚えのない単語だった。だけどユースケはそれにはかまわずポリポリと頭をかく。

そうだ……。どこか既視感を覚えたと思ったら、彼、どこかの科学者のような出で立ちをしているからだわ。

どこか緊張感のない容姿に、伸ばしっぱなしの髪。髭も少し伸びている。あまり清潔感のある見た目とは言えない。ルイビス伯爵とやらは、なぜここに連れてくる前に彼の見た目を整えなかったのか。

わずかながらも不快感を覚えていると、不意に背筋がぞくりとした。

それは、本能的に湧いた危機感だった。

――なに⁉

驚いてあたりを見回す。なにか、なにかが近づいてくる。それはわかったが、その正体がなにかまではわからない。――その時。

耳のすぐそばでなにかが弾けた音がした。

――パンッ！

「……⁉」

私が驚くと、その体の硬直から察したのだろう。アリアス殿下がこちらを見た。

私は咄嗟にそちらを見て――そしてアリアス殿下に伝えようとする。今のはなにかと、今の音は、衝撃は。このなんとも言えない気味の悪さはいったい――。だけどそれを言うより早く、アリアス殿下が口を開いた。

「大丈夫、ルーナ？　気分が悪い？」

それを聞いて、気づく。アリアス殿下は気づいていない。今の、異様な緊張感を。そして、今の破裂音も。

私は思わず手を握りしめた。どくどくと心臓が鳴る。ゆっくり深呼吸をして、あたりを観察する。

今の音は――恐らく、魔法が弾かれた音だ。

だけどどこから？　なぜ？　私に向けられたものなのか？

魔法が放たれて、それを私の防壁《シールド》が弾いた音なのだと思う。

私は聖女だ。聖女として、圧倒的な魔力を誇っている。だからこそ、私は常に魔法を展開していなくても自動的に防壁《シールド》が編み出されているし、弱い魔法であれば気づかないものの、強い魔法であれば今のような音を立てて弾くことがある。だけど、今、問題なのはそれではない。私が魔法を弾いたことを――いや、私に向かって魔法が放たれ、それが弾かれたことに、誰も気がついていないことが問題なのだ。

見れば、ガーネリアも、アリアス殿下も、そしてルイビス伯爵も、なにが起きたか気づいていないようだ。

ユースケと呼ばれた男と目が合う。ユースケは私をじっと見ていた。そのぬばたまの瞳は底が見えず恐ろしい。今さっき魔法を放ったのは彼に違いない。

「い、え……。立ち、くらみがして……」

私がそう言うと、アリアス殿下は私の異変に気がついたらしい。私の腰を軽く引いて、身を委ねさせる。私はそれに逆らわずに殿下の胸に体を預けた。どくどくといまだに心臓が鳴っている。

魔法を放たれたのが初めてだからではない。放たれた魔法が、異様とも言えるそれだったからだ。

あれは、たぶん、魔法ではないのかもしれない――。

そう思っていると、アリアス殿下がルイビス伯爵とガーネリアに声をかけていた。

「すまない。ルーナの体調があまりよくなさそうだから、これで我々は失礼させてもらおうかな。ルイビス伯爵も、ガーネリア嬢も。そして……渡り人のユースケ殿も、夜会を楽しんでほしい」

言うと、ルイビス伯爵は、はっとしたような顔をした。そして困惑したようにアリアス殿下を見てくる。次にユースケを見る。

私はルイビス伯爵の様子をうかがいながらも、どこか焦った気持ちになっていた。わからないということは恐ろしい。なにが起きるかわからないからだ。

私は殿下に連れられて広間を出た。賑やかな広間から出ると、ようやく体の力が抜ける。

「……それで、どうだった？」

「殿下は、……あの、お気づきになりましたか」

きっと、気づいていないのだろう。そう思いながら聞くと、やはりアリアス殿下は奇妙そうな顔をした。私たちは広間から離れた廊下の隅に立ちながら会話を繰り出す。お互い声は潜めている。

「なにに？」

「……魔法です。攻撃魔法が、放たれました」

「魔法？」

訝《いぶか》しげにアリアス殿下が告げた。私はそれにうなずいて返しながら、アリアス殿下を見た。

「私も……なんの魔法かまではわからないのですが……。違和感しかなくて……」

「なるほど……。それできみの様子がおかしかったのか。それで？　その魔法は、どうした？」

「私が防ぎました」

「そうか……。それは、助かった。ありがとう、ルーナ」

「いえ……」

私はそう言いながらも、やはりその気持ち悪さを忘れることはできなかった。あの違和感はなんなのだろう。そもそも魔法を使っていてこんなに違和感を覚えたことはない。そう、まるで胸のボタンをかけ違えたような——根本的に、なにかが違うような。そうだと思っていたものが、違っていた時のような、なにか、言葉にならないそれ。だけど私の力で防げたということは、それは魔法なのだろう。だとしたら、こんな違和感の残る魔法など、なにがあるのだろう——？

そんなことを考えていると、不意に真うしろから走ってくるような足音が聞こえた。私がそちらを向くより早く、アリアス殿下に腰を引かれる。そして、私は訳がわからないままにアリアス殿下に抱き寄せられていた。

「っ……‼」

カチャン……！　と甲高い音が響く。

私は強い、有無を言わさない力でアリアス殿下に抱きしめられていて、気がついた時には彼の腕の中だった。一瞬の出来事だった。

——いったい、なにが……。

慌てて音がした方を向いて、驚く。そこには先ほど広間で会ったばかりのガーネリアがいたからだ。そして、ガーネリアは今、アリアス殿下にその手首を掴まれていた。力強く、手加減をいっさいしていないであろう手つきで、アリアス殿下はガーネリアを掴んでいる。

「殿下、なにを……」

私は口にしかけて、そして息をのむ。彼女の足もとには鈍色《にびいろ》のナイフが転がっていたからだ。

ガーネリアは泣いていた。泣きながら、どこかぼうっとした様子でアリアス殿下に手首を掴まれていたのだ。

なにかがおかしい、というのはわかるのだけど

「キャアァ！」

悲鳴が聞こえる。見れば、近くを通った侍女が転がったナイフと手を掴まれたガーネリアを見て驚いている。それにアリアス殿下が舌打ちをする。私はといえば、今起きたことが受け入れられず呆然としているだけだった。

——ガーネリアが、アリアス殿下を刺そうとした？

ありえない。だって彼女はアリアス殿下を愛しているようだった。好きな人を殺そうとする？いや、それよりなにより、本気でアリアス殿下を殺そうとしているなら、あまりにもずさんすぎる。足音を隠そうともせずに彼女は走ってきたし、そもそも軍事教育も受けていない伯爵令嬢が人殺しなどできるはずがない。隙がありすぎるし、現にすぐにアリアス殿下に気づかれて彼女は手首を掴まれている。

侍女の悲鳴を聞きつけて、すぐに騎士がやって来る。アリアス殿下はしばらくガーネリアの手首を掴んでいたが、騎士が到着するとその手を離した。

ガーネリアは拘束され、騎士に連れられていく。ガーネリアは錯乱したように叫んでいた。だけどそのほとんどが言葉にならず、無意味な悲鳴をあげているだけ。私はそれを聞きながら、痛ましく思った。

――彼女は正気のようには見えない

それにあの涙もそうだ。説明のつかない奇妙さを覚えていると、アリアス殿下にそっと肩を抱き寄せられた。

「怪我《けが》は？」

「私は……」

首を振って答える。アリアス殿下は難しそうに私を見てから、ため息交じりに答えた。

「二回目だ」

どうやらこのような事態は二回目らしい。そういえば、以前にも暗殺されかけたことがあると言っていたのを思い出す。その時もこういった状況だったのだろうか……。

私とアリアス殿下は一度部屋に戻ることになり、私は部屋のソファに座ってため息をついた。アリアス殿下の暗殺未遂については箝口令《かんこうれい》が敷かれ、いまだに夜会は続けられている。ソフィアは薄々事情を把握しているのか、気遣わしげな瞳で私を見てきた。私はソフィアをちらりと見て、彼女に問いかける。

「……ソフィア、あなたから見て、ガーネリアという女性はどんな方？」

私に声をかけられて、驚いたように目を丸くするソフィア。まるで猫の目のようだった。

「ガーネリア、様ですか……」

噂の人物の名前を出されてソフィアは、こわごわと口を開いた。そして悩んだ末に告げた。

「おとなしい方でいらっしゃいますよね、いつも一歩引かれている様子で……。フランソワ侯爵令嬢がおられる時は常に黙っていらっしゃいましたし……」

「フランソワ侯爵令嬢？」

たしか貴族図鑑で見た名前だ。グレイス公爵令嬢の次に王太子妃候補として名高かった女性だけど——。彼女もまた、誘拐事件に巻き込まれたと聞いている。私の言葉にソフィアはうなずいた。

「はい。フランソワ侯爵令嬢はなんて申しますか……。少し癖のある方でしたので。グレイス公爵令嬢がおられた時はまだよかったのですが、グレイス公爵令嬢が体調を崩しがちになると、もはやご自分が王太子妃に内定したかのように振る舞っておられました。ですが……最近はめっきり静かにされていますので……。なにかあったのでしょうか？」

不思議そうにソフィアが言う。

なにがあったか、というより誘拐事件があったのだけど。さすがに高位貴族の誘拐事件は表沙汰にしていないらしい。忖度《そんたく》が働いた結果なのだろう。

私はうなずきながらそれを聞き、先ほどのガーネリアの様子を思い出した。彼女は間違いなくアリアス殿下を慕っている様子だった。そんな彼女がなぜ、アリアス殿下を殺そうとしたのだろう。手に入らないなら殺してやる、というような……そんな感じは受けなかった。むしろ、やりたくないことをやらされているような。

——やりたくないこと？

ぴんとくる。もしそれが本当であれば、ガーネリアは脅迫されているか、いや、体がそうなるように仕向けられているのか。

洗脳？　操られている？　体の自由がきかない？　私がそう悩んでいると、部屋の扉が叩かれた。

その音にハッとする。ソフィアが取り次いでくれると、部屋を訪れたのはレオンハルト殿下だった。

「こんな時間にすまない。先ほどのことで話があるんだ」

「レオンハルト殿下……」

「今、少しいいかな。アリアスが今例の令嬢と話をしている。きみにも同席してほしいらしい」

先ほどの令嬢、というのはガーネリアのことだろう。私も気になっていた。幸い私はまだ夜着ではないし、まだ寝る準備すらしていない。いや、そもそも夜着だったらソフィアが取り次ぐわけがないのだけど。

私がうなずくと、レオンハルト殿下はわずかに安堵したような息を吐いた。

「すまない、ミレルダ嬢」

「なぜ謝るのですか？　それに……私のことは、ルーナ、と」

告げるとレオンハルト殿下はわずかに迷った様子を見せたが、やがてうなずいた。

「わかった。……それと、謝罪は先ほどのことについてだ。きみを危ない目に遭わせてしまった」

——まさか、そんなことで謝られるとは思っていなかった。

「いえ、そんな。それが私の役目ですし」

「ルーナ……。これはあくまで自国の——私たちの問題であって、きみがそこまでする必要はないんだ」

レオンハルト殿下に真っすぐ見られ私は息をのむ。レオンハルト殿下の前髪がサラリと揺れる。

私はそれを見て――ひとつ、笑みを浮かべた。

「ありがとうございます、レオンハルト殿下」

「……それで、城を出るか？」

レオンハルト殿下は少し悩むようにしながらも尋ねてくれた。私はわずかに逡巡して――首を横に振った。

以前アリアス殿下に聞かれた時も思ったが、もはや渡りに船どころか完全に乗りかかった船になってしまった。その船が沈まないよう祈ることしかできないけれど。

私はレオンハルト殿下を見ながら答えた。

「私は、城に残ります」

「だけど……」

「大丈夫です。それに、私自身気になることがあるんです」

「気になること……？」

レオンハルト殿下が不思議そうに問いかけてくる。私はそれにうなずきながらも思った。

――あの異様な魔力がなんだったのか、知りたい
私はただそれだけを思った。アリアス殿下を助けたいという気持ちより、自分の不快な感情を消したい思いの方が強かった。

私は立ち上がってレオンハルト殿下の前に立つ。アリアス殿下同様レオンハルト殿下もまた背が

高い。自然と私の目線は彼の胸もとあたりになる。私はレオンハルト殿下を見上げて、笑いかけた。

「アリアス殿下が待っているんですよね。では、急ぎましょう」

私がそう言うと、レオンハルト殿下はやはり納得のいかなそうな顔をした。そして、わずかに手を持ち上げて、私の肩に触れようとする。だけどその手は触れることなく、レオンハルト殿下は一歩うしろに下がった。そして私の目をじっと見た後に聞いてくる。

「本当にいいのか」

それは確かめるというよりも、認めたくないというような声音だった。私がうなずくと、レオンハルト殿下はまたひとつ、深いため息をつく。そして、くるりと踵を返した。どうやら案内してくれるらしい。

「アリアスはこっちだ。……危険があると判断したら、多少手荒でも私はきみを城の外に出す」

「城から追い出すということですか？」

「そうじゃない。そういう意味じゃないことはきみが一番よくわかってるだろう」

「……レオンハルト殿下はお優しすぎますね」

レオンハルト殿下は冷たく無機質な印象を覚えるが、その実すごく優しいのではないだろうか。逆にアリアス殿下は甘い見た目で甘い表情を浮かべることが多いが、レオンハルト殿下とは逆で、なにを考えているのかわからない。歯の浮くようなセリフを口にすることはあれど、まさかあれが本心とは思えない。

訳のわからない弟を持ってレオンハルト殿下も大変だろうと思うけれど、しかし王太子というのは、アリアス殿下のような人のことをいうのだろうか。ああいった性格ではないと務められないのかしら……。

私はそう思いながらレオンハルト殿下の後に続いた。部屋を出て、階段を下りる。一階の客間にガーネリアは拘束されているようだった。

部屋に入ると、ガーネリアが目に入る。燃えるような赤毛はそのままで、彼女は手首を縄で結ばれた状態だった。貴族の娘とはいえ、リヴァーロン王国としても彼女を拘束しないわけにはいかなかったのだろう。とはいえ、彼女にしてみれば、王太子に凶刃を向けておいて地下牢に収監されなかっただけ幸いで、温情のある措置を施されたのかもしれない。

ガーネリアはソファに座っていて、アリアス殿下はその対面に座っている。アリアス殿下は私たちを見ると、わずかに微笑んだ。しかしその表情には少し疲れが見えているような気がした。

「来たね。ルーナ、それに兄さん」

「彼女になにをさせるつもりだ?」

「そう警戒しないでよ。僕はルーナの力を貸してほしいだけだ」

アリアス殿下はそう言いながら立ち上がると、私の前まで歩いてきた。そしてどこかいたわるような表情を見せると、私の頬にその指を走らせる。それと同時にぱしっとその手が振り払われた。払ったのは私ではない。レオンハルト殿下である。

「アリアス」

「……やだな、そんな怒らないでよ」

アリアス殿下は振り払われた手はそのままに、苦笑した。そして私を見ると、続いて手首を縛られているガーネリアを見た。

「彼女について、なにか思ったことはない？　気がついたこと、なんでもいいんだ」

ガーネリアはこちらを向いておらず、うつむいていた。どうやらアリアス殿下を刺そうとしたことについて沈黙を貫いているらしい。

確かめるべきこと

「ルーナ、それで、彼女についてなにか気がついたことはある？」

アリアス殿下に聞かれて、私は今一度ガーネリアを見た。ガーネリアは変わらずうつむいている。

――気がついたこと、と言われても……。

私はそっと彼女の前まで歩み寄っていった。レオンハルト殿下のとがめるような視線が気になるが、近づかなければわからない。

私はガーネリアに近づくと、真正面から彼女を見た。そしてまた、感じた。

あの違和感だ。

――この変な感じはいったいどこから……。

そう思った時だった。

コンコン、と部屋がノックされる。アリアス殿下が部屋の扉を開けた。この人は王太子だというのに自分で扉を開けるのか。扉に向かっていた侍従も戸惑っているようだ。だけどそれにはかまわず、アリアス殿下は扉を叩いた相手となにか話しているようだった。

そして、小さくため息をついたのが見えた。もしかしたらアリアス殿下は相当お疲れなのかもしれない。

「ルーナ」

そんなことを考えていると、不意にアリアス殿下に呼びかけられた。レオンハルト殿下はアリアス殿下の方を鋭く見ている。部屋に控えている騎士もどこか興味深そうに私たちを見ている。

「きみも会っておいた方がいいだろう。王太子秘書のベルタだ」

そう言われて、アリアス殿下のうしろから現れたその人は長い銀髪に、銀縁のメガネをしていた。どこか気難しそうな顔をしていて、その人は私を見ると、険しい表情をますます険しくした。

「……彼女は？」

「嫌だな、ベルタ。きみのことだからすでに知っているんだろう？　僕の恋人であるルーナだよ。ルーナ、彼は王太子秘書のベルタ・グースマン。少し取っつきがたい相手だけどまあ、気にしなくていい」

「殿下」

「それより、なにかわかった？　彼女について」

アリアス殿下にすげない紹介のされ方をして、ベルタと呼ばれた人は低い声を出した。だけどアリアス殿下はそれにはかまわずに私の方を見る。するとベルタもまた私の方に冷たい視線を送ってきて、思わず腰が引けた。

――ものすごく怒ってるじゃない、ベルタ。

しかしベルタという名前が似合わない青年である。背が高く、そして華奢というわけではないがすらりとした体躯に、冷たい双眸《そうぼう》。銀髪が彼のその冷たい雰囲気に拍車をかけているのだろう。ベルタは私を見て眉をひそめた。あきらかに好意的ではない。

「どこぞの遠縁の娘ですか」

「それは後。今はこちらが先決だ」

吐き捨てるように告げるベルタにアリアス殿下が答える。そんなふたりを見て、レオンハルト殿下がガーネリアに問いかけた。

「ガーネリア嬢、きみはなにも覚えていないのか？」

「………………」

ガーネリアはやはり、というべきか答えない。私はそれを見ながら、そっとまた彼女に視線を移した。奇妙な違和感。なんだろう、なにかしら。この、嫌な感じは……。私はそっとガーネリアに手を伸ばした。そして、手をかざす。

腕？　胸？　腰？　……違う、ザワザワするものは……足首？　足首あたりに、なにかを感じた。

私はそっと、彼女の足もとに触れた。ひと言声をかける。

「失礼します、ガーネリア嬢」

ドレスの裾に触れると、さすがにガーネリアが体を震わせた。一部始終を見ていたベルタが憤慨するように言う。

「アリアス殿下！　あのご令嬢はどういう教育を受けているのですか！　突然ドレスの裾に触れるなど――」

「なにか気になることでも？　ルーナ」

ベルタの言葉を遮ってアリアス殿下が問いかける。私はそれにうなずいて答えた。そして、それを確かめるには、まずこの部屋にいる男性方をなんとかする必要があった。私はガーネリアに注意を向けながら再度立ち上がる。

「はい。確かめたいので……男性のみなさんは部屋を出ていただきたく思います」

「なんだと⁉　そんなこと、許されるはずがない！　ルーナ……嬢と言いましたか、あなたはご自分がなにを言っているのかおわかりですか！　ガーネリアはつい先ほどアリアス殿下に凶刃を向けた謀反人《むほんにん》ですぞ！　そんな人とふたりにするなど……」

私が言葉を発すると誰よりも早く反応したのはベルタだった。というかこの人うるさいわね。よくほえるところを見ると、どこかの誰かを思い出す。誰あろうマクシミリアン殿下である。私は鬱々とした気持ちになりながらも、アリアス殿下を見て、続いてレオンハルト殿下を見た。

「……わかった。だけど、そうだね。彼女ときみをふたりにするのはよくない」

アリアス殿下が答える。ベルタは猛反対している。本当にうるさい。なんで来たのだろうか。もう自室に帰ってほしい。

レオンハルト殿下もまた、壁に寄りかかりながらうなずいて答えた。

「侍女を呼ぶか」

「いや、その必要はないよ。僕が残る」

「……アリアス」

疲れた様子でレオンハルト殿下が聞く。私も驚いている。いや、一番残ってはいけない人だろう。たった今殺されかけたのを忘れたのだろうか。ベルタも開いた口が塞がらないようである。アリアス殿下は私たちのその反応に苦笑した。

「大丈夫、妙なことにはならな」

「万が一があったらどうするのですか‼　そもそもあの女の出自だって怪しい！　ぽっと出のあの女がガーネリアの仲間だということも……」

「ベルタ。僕が話してるんだよ」

　さすがにアリアス殿下の言葉さえ遮って話すベルタに嫌気がさしたのか、珍しく冷たい口調でアリアス殿下は一刀両断した。それにはベルタもさすがに口を閉ざした。

「かまわない。ルーナの出自は僕が保証するし、それにこれはお願いではない。お前は聡《さと》いと思っていたが、意外と愚鈍なのか？」

　アリアス殿下の言葉にベルタが凍りつく。私も驚いた。アリアス殿下にこんな冷たい声が出せるとは思わなかった。いつも甘い表情を浮かべてニコニコしているから、彼がこんなに冷たい声を出したことに驚いたのだ。

　しかし、これが本来の彼なのかもしれない。甘い表情と言葉は、彼の偽りの姿なのだろうか。

　アリアス殿下は息を軽く吐くと、ちらりとレオンハルト殿下を見た。

「悪いけど……ここは譲ってもらえないかな、兄さん」

「……わかった」

　意外にもすんなりとレオンハルト殿下は引いた。そして、私の方を一瞬見ると、またしてもアリアス殿下に視線を戻した。

「ルーナに危険なことはさせるなよ」

「わかってる」

短いやり取りで、アリアス殿下が部屋に残ることが決まった。騎士は困惑していた様子だが、王太子命令だと言われれば逆らうわけにはいかない。先ほど鮮烈に切って捨てられたベルタも口をつぐんでいた。相変わらずその表情は仏頂面だが。

――しかし、アリアス殿下がここに残るのか。

これは万が一があったら、私の首が飛びかねない案件である。私は気づかれないように息を吐いて、その万が一が起きたら迅速に対処できるよう心構えをしておいた。幸い聖女としての力を振るえば、ひどいことにはならないだろう。

レオンハルト殿下は退室する際、なにか言いたげな顔で私を見た。視線が絡まったが、レオンハルト殿下はなにも言わなかった。

不思議に思ったが、その後にベルタが退室し、その凍てつくような視線にわずかに息をのむ。睨む、というより殺気に近い。どうやらベルタには完全に嫌われてしまったらしかった。ベルタは王太子の秘書だというし、突然降って湧いた私の存在を快く思っていないのだろう。その気持ちはよくわかるけれど。私は気が重くなりながらも、ガーネリアの方を向いた。

そして、またしても息をのむ。ずっとうつむいていた彼女が、顔を上げて私を見ていた。

視線が交差する。

「……ガーネリア、嬢」

「………」

しかしやはりガーネリアはなにも言わない。

全員部屋から出ると、アリアス殿下がこちらに歩いてきた。そして、私の横にひざまずくと、私を見上げてくる。

「足もと、だったか？」

「え？　あ、はい……」

私は異様な雰囲気の中、神経をとがらせながら彼女のドレスにまたしても触れた。もし彼女がいきなりなにがしかの行動を取ったとしても反応できるように、気をつけておく。

「失礼しますね、ガーネリア嬢」

声をかけて、ドレスをまくる――そして、私は息をのんだ。それと同時に、違和感の正体に気がつく。

――これだ。

ガーネリア嬢のドレスの下には、ほっそりとした彼女の足が隠されていた。そして、その白い足首に咲き誇るのは、黒い薔薇の刻印。まるで、そう。これは――。

「呪い……？」

ぽつりとつぶやくと、ガーネリアの体がわずかにはねる。どうやらそうらしい。そして、ここにきて思う。もしかしてガーネリアの体の自由は今制限されているのだろうか。だから話せないし、動けない。なにか言いたげな瞳をしても、なにも話せないのは、呪いに縛られているから……？

「ルーナ、これがなんなのかわかるか？」

その呪いに目を奪われていると不意に声をかけられた。アリアス殿下である。私はハッとしてそちらを見る。アリアス殿下は難しい顔をしてガーネリアの足首を見ていた。貴族令嬢の足首を見るという行為は、紳士としてはとてもではないが褒められた行為ではない。むしろけなされるべき行為である。だけど緊急性が高いからか、アリアス殿下はあまり気にしていないようだ。

それより、気にかかることがある……？

私はアリアス殿下の反応に注意しながらその呪いを見た。真っ黒な、インクで描かれた黒薔薇……。

私は再度ガーネリアに声をかけて、足首に触れた。ぴくりとわずかに反応が返ってくる。ガーネリアは完全に意識がないわけではないらしい。言葉を返さなくても、彼女はちゃんと事態を認識しているのだ――。

「……これは、呪い、ですね」

「なんの呪いかは？」

「……少し待ってください」

本来聖女の力とは、このように小回りがきくものではない。聖女とはあくまで国防に使用されるものであって、その力は医療向きではない。かくいう私も、人相手に使ったことなどあるはずがなかった。

私は目を閉じて神経を集中させる。

この、ザワザワとした感じ――。夜会で感じていた違和感は、この刻印のせいだった。では、唐突すぎる魔法の攻撃も、刻印の呪いによるものなのだろうか――？　同じ魔力のにおいはする。だけど、これにはそんな攻撃性はなさそうなのだけど……。

探っていると、突然ばちりと防がれた感覚があった。咄嗟に手を引く。アリアス殿下がこちらに視線を向けた。

「……隷属魔法です。いや、これは魔法、なの……？」

呆然とつぶやく私。これはたしかに隷属魔法だ。だけど魔法、と言うにはどこか不可解すぎる。

私が言うと、アリアス殿下はため息交じりに答えた。

「……なるほどな」

続けてアリアス殿下は聞いてきた。

「その刻印を消すことはできるか？」

「やってみます」

返事は、やってみないとわからない、だ。

私はその言葉を皮切りに手のひらに魔力を込めた。解呪、は無理だ。内部から無理やり魔力を込めて暴走を起こさせるのはどうだろうか。呪いの箇所を固定して……魔力が周りに散らばらないように……。

私は額に汗を浮かべながら解呪にいそしんだ。その時間は短かったのだろうか。長かったのだろうか。

必死であまりわからなかった。だけど、やがて――。

パシッ、というなにかが砕ける――いや、ひびが入るような音がした。今だ！　私は一気に魔力を注ぎ込む。そうすると、それは実に呆気なく崩れていった。彼女の足首を彩っていた黒の刻印もまるで墨になったかのようにポロポロと崩れていく。

――解呪できた……！

私が安堵の息を吐くと、アリアス殿下がぐっと突然私の手首を引いた。油断していた私は思わずたたらを踏んでうしろに追いやられる。その代わりアリアス殿下は私に背を向け、ガーネリアの前にひざまずいた。なんというか……いや、いいのだけど。解呪が済めば私は用なしってことですか。

そうですか。その綺麗なつむじに人さし指を突き立ててもいいかしら。

いや、ダメよねこの人は王太子だもの……。

王太子ってなんなのかしら、と思わず考えてしまった。

「ガーネリア嬢、わかるか？」

「……ア、わた、し……」

ガーネリアはそこでようやく声を出した。

それにアリアス殿下は瞳だけで答え、彼女の手をそっと握った。

……そういえば、ガーネリアはアリアス殿下の婚約者候補だということを、今思い出した。候補だったとはいえ、もしかしたらアリアス殿下はガーネリアが好きだったのかもしれない。

そんな取りとめのないことを考えていると、アリアス殿下は二、三言ガーネリアに話しかけているようだった。

小声で交わされているせいで、こちらの耳には届かない。

ガーネリアとのやり取りが終わると、アリアス殿下がこちらを見た。そして、ため息交じりに私に言う。

「覚えていないらしい」

「……は？」

「だから、術にかかっている間のことを、なにもかも覚えていないらしい」

「そ、そんな……」

そんなことがあるのだろうか？

術が解けたというのに？

――いや、術は完璧には解けていなかった？

私の解呪方法は、無理やり内部に魔力をつぎ込んで魔法回路を暴走させ、呪いを壊すという力ずくのものだ。正しい解呪方法ではない。

根本が同じ魔法であれば解呪方法もわかったのだろうが、あれは魔法ではなかったから――。

魔法では、なかった……？

では、魔法ではない呪い、とは……？

この世界には魔法以外、超常現象を起こせるものはない。

恋人疑惑なのかしら

「記憶は戻らない、か……」

私が考え込んでいると、アリアス殿下がぽつりとつぶやいた。考え込むような顔をしてその顎に手をあてている。私ははっとしてそちらを見た。

「あの、殿下……」

「ひとまず収穫はあった。ガーネリア嬢、きみは今日王城に泊まるように。きみもまだ心細いだろうし」

そう言われるとガーネリアは弾かれたように顔を上げた。そして、ふらつく体で立ち上がる。すぐそばに立っていたアリアス殿下に倒れ込むようにガーネリアがよろけた。アリアス殿下はごく自然な手つきでその腰を抱いた。

見事な美男美女だわ……。その自然な様子から、やはりふたりにはなにかあるのではないかと思った。アリアス殿下はよろけたガーネリアを抱きとめると、そっとその肩に触れた。

「大丈夫？」

「殿下……！　殿下、私、私……っ」

「うん、怖かったね。もう大丈夫だから……」

アリアス殿下が優しい声を出してその肩をなでた。甘い空気である。甘い雰囲気である。

私は胸焼けする感覚を覚えながらも、そっと身を引いた。ふたりの世界に入れるほど私は図太くない。

ガーネリアはアリアス殿下を見上げると、涙の膜が張った瞳で彼を見た。今にもこぼれそうな涙に、胸が痛んだ。

——覚えてないって、どの程度なのかしら

彼女はいたって普通に見える。大切な記憶がなさそうだったり自分のことがわからない様子はない。つまり、彼女が忘れたのはごく一部分的なところ——。もっといえば、術をかけられたあたりから……ということ……？

私は気になったが、ルーナから目上の立場にあるガーネリアに声をかけるわけにもいかない。私がふたりの様子を見守っていると、アリアス殿下が侍女を呼んでいた。どうやらガーネリアは王城に泊まるようである。

「ガーネリアは僕の隣の部屋に。ルーナは一度客室に戻ろうか」

とんでもない発言に思わず硬直した。

えっ、あ、やっぱりそういうことなの……⁉　ふたりは想い合っているのかしら⁉　だからその……恋人のような真似を……⁉

アリアス殿下の隣の部屋、それはすなわち隣室ということだ。いや、当然よね。それはそうだわ。そんなあたり前のこともわからなくなるほど、混乱する頭で私は考えた。

年の近い男女が隣同士で寝るなど、貴族であれば考えられない。そして、アリアス殿下は王太子である。誰よりもそういった序列に厳格でなければならない人である。

だけどそのアリアス殿下がガーネリアを隣の部屋に置くというのだから、きっとそういうことなのだろう。

――と、ここで私は大切な事実を思い出した。

あら……？　たしか、演技だけれど今の恋人は私ではなかった……？

そこで私はまたぴんと新たな仮説がひらめいた。動揺は時として思考回路の流れをよくする。

もしや、ガーネリアはアリアス殿下の恋人だったのだろうか？　それは過去形？　それとも現在進行形……？

そもそもアリアス殿下はガーネリアが好きなのかしら？

そこでまたしても私は点と点がつながるように気がついた。そうよ……！　アリアス殿下はガーネリアが好きなのだわ……！

だけど今の情勢がそれを許さない。今の――令嬢の誘拐事件が多発している今、ガーネリアをそのまま恋人にしておくのは危険だから。

だから代役を立てたのね……！

侍女に支えられて部屋を出るガーネリアを見ながら、どんどんひらめく思考の波にさらわれる。

私が呆然と見ていると、やがてアリアス殿下はため息をついた。それと同時にがちゃん、と扉が閉まる音がする。

「――少し話をしようか」

「えっ、いや、でも」

そもそもガーネリアはいいのか、だとかアリアス殿下とふたりきりでいいのだろうか、とか取りとめのないことが脳内を駆け巡る。

いや、取りとめはなくない……のかしら？

だけどでも、今の私はただのルーナで……一応ロバートの身内ということで貴族の端くれ扱いなのかもしれないけど、それでも、そもそもルーナは架空の人物で……と自分のあり方に思いを巡らせる。

そうすると、アリアス殿下はそんな私になにか言いたげな微妙な顔をした。だけど結局彼はなにも言わずにソファに腰掛ける。そして、重いため息をついた。

「なにか勘違いしてるようだけど……なにもしない。兄上に言われたからね、ルーナを危険な目に遭わせるなと」

「…………」

「だけどまあ、表面上は僕らは恋人同士だ。ふたりきりでいても問題ないと思うよ」

アリアス殿下がそう言ったのを聞いて、たしかに、とうなずく。

今の私は公爵令嬢ミレルダ・シェイランではない。どこぞの貴族令嬢であるルーナ・タンブランであり、偽りとはいえアリアス殿下の恋人である。つまりそれは世間体を気にしなくてもいいということ。

だけど十六年間貴族令嬢として――公爵令嬢として過ごしてきた知識が邪魔をする。本当にアリアス殿下とふたりきりでいいのかしら……。

そう思っていると、アリアス殿下が突然口を開いた。

「あの黒薔薇」

「！」

「あれと、同じものを僕は知っている」

その言葉に思わず息をのむ。あれを？

あの、足首に刻まれた黒の薔薇の刻印を、アリアス殿下は知っていると、そう言ったのだろうか。

思わず私が固まっていると、不意にアリアス殿下は相好を崩した。口もとがやわらかくほころぶ。

「ああ、座っていいよ。たいした長話にはならないだろうけどね。レディを立たせたままにするのは紳士のすることじゃないし」

「……ありがとうございます」

そもそもアリアス殿下が紳士だったなら、恋人役を頼んだりしないだろうし、隣国の王城を爆破した女を保護することもないだろうと思う。それにガーネリアとの関係も今のところ謎めいている。

もしかしたらアリアス殿下は、その甘いマスクで次々に女を口説くような、女に節操のない方なのだろうか。アリアス殿下に対する好感度がゆるゆる下がっていくのがわかった。女癖の悪い男は嫌いである。

私の冷めた目に気づいたのかアリアス殿下は苦笑したが、なにも言わなかった。

取り繕ったりはしないのだろうか。ガーネリアとの関係を怪しんでいるのには気づいているだろうに、なにも言わないところを見ると事実なのかもしれない。

であれば、ますます好感度は氷点下に向かっていくのだけど。

「それで……薔薇の刻印の数だけど。それはひとつではなかった」

「ひとつではないって……いったいどういうことなのでしょうか……？」

突然始められた話に、目を白黒させながら聞き返すと、アリアス殿下は実に麗しい顔で首を傾けて、薄く微笑んだ。その笑みは少し暗くゆがんでもいた。

だけど、だからこそなのか。魅入られるような不思議な魅力があった。

――さすが、顔だけはいいものね……。

「全部で六十ほどだったかな……とある人身売買の会場で見つかったと報告されたんだ」

「っ⁉　人身売買……⁉　それはどういう……」

「不思議なことにね。……通報を受けて駆けつけた騎士隊員が見たものは、血まみれの会場。そこにいた人間は誰ひとり息はなく、殲滅《せんめつ》された跡だけがあったらしい」

「…………」

「そして、その被害者は――まあ、人身売買なんてする人間に人権なんてないのだから、被害者と呼ぶのもおかしいんだけどね。とにかく、被害者は主催者側の人間だけにとどまらず、売り飛ばされるはずだった人さえその殲滅の対象だった」

「……なぜ」

呆然と私はつぶやく。それにアリアス殿下は答えず、とんとん、と人さし指で自分の膝を叩いた。

そして、彼はさも、それよりも大切なことかのように続けた。

「それにね、その報告は僕に上がってこなかったんだ」

「え……？」

「どういうことかわかる？　ミレルダ・シェイラン嬢」

「なに……」

なぜ突然私の本当の名を呼んだのか、イマイチ掴めない。だけど真っすぐに見つめてくるアリアス殿下の瞳の強さに勝てず、私は半信半疑に思いついたことを口にした。

「隠蔽《いんぺい》されている……？」

「そう。つまりそういうことだ。誰かが、なにかの目的を持ってこの件に関して秘匿《ひとく》しようとしていた。僕に対してね」

「それは……」

「僕に知られるとまずいと思ったのか、それともこの件ではなくまた別の……この件に関わるなにか。それ自体を隠したがったのか。僕にはよくわからない。だけど――」

そこでアリアス殿下は言葉を切った。そして、わずかに首を傾ける。さらりとした髪がアリアス殿下の白皙《はくせき》の頬をすべった。彼は実に麗しい笑みを浮かべて私を見た。

「きみには、わかるかもしれない」

「…………」

まさか。

私はアリアス殿下がなにを言いたいのか薄々察知して、思わず顔を引きつらせた。アリアス殿下は変わらずやわらかい笑みを浮かべているだけである。

私はあたらないでほしいと思いつつ、そっと口にしてみた。

「まさか……私に、現地調査を命じるつもりですか？」

「よくわかったね。きみのそういうところは嫌いじゃない」

「………」

褒められたのだろうか。だとしてもうれしくない……。

苦々しい表情が顔に浮かんでいたのだろう。それを見てアリアス殿下は苦笑した。

現地調査。それはつまり、その人身売買の会場となった現場に向かえ、ということなわけで。

――いったい、この人はなにを考えているの……⁉

私という人間の重要性は誰よりも彼が理解しているはずだ。自分で言うのもなんだが、私は利用価値の高い女だと思う。なくすには惜しいはず。なのに彼が現地調査を命じたということは、そこまで危険というわけでもないのだろうか。

そんなことを考えているとアリアス殿下がかぶりをふって答えた。

「安心して。兄上にも同行してもらうよう言っておく。兄上がいれば、きみにひとつでも傷がつくことはないだろうから」

「……ずいぶんレオンハルト殿下を信頼されてるのですね」

怪訝《けげん》に思いながらも聞くと、アリアス殿下はどこか切なそうな――いや、なにか言いたそうな……？　そんな顔をした。

だけどそれは一瞬で、すぐに彼の顔はいつもの甘いマスクへと変わってしまった。やわらかな甘い笑みを忍ばせてアリアス殿下は答えた。

「そうだね。兄上の……その思いは誰よりも信じているから」

「…………」

やっぱりよくわからない兄弟だと思った。

翌日、アリアス殿下から話を受けたレオンハルト殿下は、無表情ながらもわずかに眉をひそめていた。アリアス殿下から説明を受けている時は黙って聞いていた彼だが、話が終わるとアリアス殿下の名を呼んだ。

「お前は、いい加減……」

「落ち着けって？　妃の件ならまあ……この件が落ち着いたらおいおい考えるよ。兄上もまとまるだろうし？」

どこか挑発的に、いや、からかい交じりに答えるアリアス殿下に、レオンハルト殿下は苦虫を噛みつぶしたような顔をした。それを見たアリアス殿下はどこか満足そうな顔をする。

「よろしくね、兄上」

「お前によろしく言われる覚えはない」

兄弟同士の、よくわからない会話を聞きながらも、私はこの後のことを考えていた。

早い方がいいとアリアス殿下は言い、今からその人身売買の会場の跡地に向かうことになっている。会場、といっても今はすでに掃除され、その時の面影はもうないらしいけれど。

当時の現場を知るために騎士隊のひとりをそこに向かわせるから、会場を調査しつつ気になったことがあれば聞くといい、とアリアス殿下には言われた。

「……レオンハルト殿下も、本当に来られるのですか？」

私はふたりのやり取りを眺めながら、おずおずと口を挟んだ。

王族の会話に割って入るのはどうも気後れしてしまう。だけど、例の危ない場所にレオンハルト殿下は共に向かうという。私が確認の意味も含めて再度聞いてしまうのは仕方ないだろう。

私が半信半疑になりながらも聞くと、アリアス殿下はその目を細めた。レオンハルト殿下は対照的にその形のいい眉を寄せている。

「だ、そうだよ、兄上」

「アリアスはもう黙ってろ。……ルーナ。私も共についていく。きみは行くんだろう？　それなら、きみひとりにはできない」

行くというか、行けと言われたというか。私が黙って見ていると、やがてレオンハルト殿下は短いため息を落とした。そしてどこかあきらめたような目で私を見る。その瞳は優しい。

「あの場は、今は整頓されているとはいえ、もとは人身売買の会場だ。公爵令嬢だったきみを連れていくにはふさわしくない場所だけど――」

「いいから、行って調べてきてよ。兄さんがいれば大丈夫でしょ。それに人の手が入って今はもうなにもない土地だ。中はがらんどうだよ」

「空き巣が入り込んでくるかもしれないだろう。盗賊とか」

「そのために兄上も行くんだろ」

珍しくぶっきらぼうな、少し粗野な口調でアリアス殿下が答える。それに対し、レオンハルト殿下はなにか言いたそうな顔をしたが、やがてうなずいた。

「……ルーナ、行けるか？」

「……そう、ですね。私も気になります」

アリアス殿下に半ば強制的に行かされることとはいえ、たしかに、気になるといえば気になる。

私もうなずいて答えると、レオンハルト殿下は真っすぐに私を見つめた。

「必ずきみを守る」

「っ……」

その言葉に思わず頬が熱くなった。真っすぐに目を見て言われれば無理もない。動揺した私に、アリアス殿下が微笑ましそうな顔をする。

「見せつけてくれるね」

「違っ……！」

思わず私は言った。なにが違うのかよくわからない。だけどアリアス殿下にからかわれたということだけはわかった。レオンハルト殿下は私をちらりと見た後、視線を壁にかかっている時計へと向けた。

私は、そこまで鈍感ではない。

レオンハルト殿下が私に抱く感情が、ただの好意だけではないということも薄々感じている。

一方で。勘違いかもしれない。レオンハルト殿下はこういう方なのかもしれない。誰に対しても親切で、私が特段特別扱いされているわけではないのかもしれない。

そう思うたびに、しかしレオンハルト殿下の行動によって、その可能性がじわじわと崩れていく。

「……あのっ！　アリアス殿下……！」

私は思わず顔を上げた。アリアス殿下がなにを考えているのかわからなくなってきた。アリアス殿下は私に、彼の恋人役をするように言ってきた。その見返りとして、私の……ルーナとしての身分を保証するから、と。

王太子である彼にその身分を保証してもらえるのであれば、それはすなわちこの国で生きていくのに困ることはないということにもなる。

だけどアリアス殿下はなぜか、私をレオンハルト殿下とくっつけたがっているような感じがする。気のせい？　ただ、私に興味がないから、レオンハルト殿下の気持ちを知って彼をからかってるだけ？

わからない。でも、気になる。

私が顔を上げて、アリアス殿下に話しかけようとした時。

いろいろと動揺したせいだろうか。かかとに預けた重心の位置がぶれ、私はたたらを踏んでしまった。そのままよろけた私は、片方の足だけでは自分の体重を支えきることができない。

「あっ……！」

――まずい、転ぶ……！

真うしろにひっくり返る。カエルのように倒れ込むことを覚悟したその時、ぐっと強く腕が引かれ、腰を抱き寄せられた。その力強い感触に体を引き寄せられ、私は転ぶことはなかった。

たった一瞬のこと。私ははっとして顔を上げた。そして、いつにない近さにある彼の顔を見ながらお礼を言った。

「ご、ごめんなさい……。ありがとうございます、アリアス殿下……」

私を支えたのは、アリアス殿下だった。

私がアリアス殿下に声をかけようとして、彼に近づいていたからだろう。レオンハルト殿下よりもアリアス殿下の方が近かったのだ。

だけど、アリアス殿下が腕を掴んで助けてくれたのはどうにも意外だった。甘い顔に似合わず薬草のような、ハーブのような香りがふわりとした。

「……これじゃ、兄さんも目が離せないね」

アリアス殿下は、小さく苦笑しながら私の腰から手を離した。私は、彼の顔を見ることができなかった。

さながら事故物件

レオンハルト殿下は紳士だった。

どこか軽薄さすら感じるアリアス殿下とは反対に、実に丁寧な仕草で私を馬車へとエスコートしてくれた。そして、馬車内ではレオンハルト殿下とふたりきりという事実に緊張する私に、意外にも、彼の方から話しかけてくれた。

レオンハルト殿下は無表情がデフォルトなのか、その口調もまた硬かった。しかし丁寧に話を続けてくれる。話し上手というわけでもないだろうに、私のために言葉を選んでくれているのがわかった。レオンハルト殿下は、私に好意を抱いているのだろうと思う。

だけど、私は疑問を覚えた。まず、なぜ私？　ということだ。

たしかに私は貴族令嬢としてそれなりな顔をしているが、ひと目で人の心を撃ち落とせるほどではない。もっと言えば、絶世の美女というわけではない。そこそこ顔立ちは整っているとは思うが、私程度の女ならどこにでもいる。

つまり、私にひと目惚れしたとは考えにくい。

では、なぜ……？　私のどこに惚れたというのだろう。そこまで考えて、ふと思った。

もしこれが私の勘違いで、レオンハルト殿下のその行動はただの善意だとしたら、恥ずかしいどころではない。穴を掘って埋まり、一生そこから出たくない。

だけど、だけど――。

エスコートされる時に手を重ねると彼の頬が薄く赤くなるのは、恐らく気のせいではないと思う。私と目が合うと、緩やかにその新緑の瞳がとろけるのは、見間違いではないと思う。

そういえば、と思い出す。

アリアス殿下は私と目が合うと、どこかいたずらっぽくその瞳をきらめかせるし、私の手を引いてエスコートする時は、どこぞの紳士のような振る舞いをする。その内面にそぐわない振る舞いをするから、なんとなく納得がいかない。

女をたぶらかすのがうまそうだとは思う。

そんなことを考えていると、やがて馬車がゆっくりと止まった。そこは、王都からさほど離れていない場所だった。

馬車の周りを囲む護衛騎士が、窓を叩いて目的地に着いたことを知らせた。

「レーヴェルア会場跡地です」

護衛騎士の硬い声を聞き、私は気を引き締めた。

ここは、つい最近まで人身売買の会場だった土地だ。油断してはいけない。なにが起きるかわからないのだから。

私とレオンハルト殿下は馬車を降りた。周りは森に囲まれ、どこかひっそりとした邸宅が目の前にある。

私たちは、その邸宅に足を踏み入れた。

邸宅——元人身売買の会場だったそこは、アリアス殿下が言ったようにすでに掃除され、その面影はない。家具は片づけられ、だだっ広い広間があるだけだ。

私とレオンハルト殿下は注意しながらその広間を見ていく。そのうしろを、護衛騎士たちが続く。

当時の状況を知る騎士隊の隊員だという彼は、すでに到着していたようだった。グレーの髪をひとつに結び、胸の前に垂らしている。かなり背が高い。

「お待ちしておりました、レオンハルト殿下」

そして、私の方を見る。私はどうしようか迷ったが、レオンハルト殿下がそっと私の腰を抱き寄せた。小さく彼がつぶやく。

「すまない、少し耐えて」

それに、抗う理由はない。私は瞳だけでうなずいて彼に答えた。

「アリアスからは話を聞いているな。当時の状況を報告してくれ」

騎士隊の彼は逡巡したように私を見たが、私の腰に回されたレオンハルト殿下の手を見て、わずかに目を丸くした。

意外だったのだろうか。だとしたら、やはりレオンハルト殿下はその性格の通り真面目な方なのかもしれない。そのレオンハルト殿下が女性を連れて歩いて——なにより、その腰に手を回していることに驚いているのだろう。

騎士隊のひとは目をぱちくりさせながらも、慌ててうなずいた。

「わかりました。まず、自分は領地騎士隊員のアルジーニです。所属はルヴィア隊となります。当初は、我が隊ではなく、別の部隊が出たのですが……規模の大きさから応援部隊として駆けつけることになりました」

近衛騎士は王族を守るための騎士だが、領地騎士はその土地の安全を守るために存在しているのだ。

アルジーニと名乗った彼は、当時の状況に思いを馳せるようにしながら言葉を続けた。

「当時……通報を受け、自分たちはこの地に駆けつけました。しかし、自分たちが駆けつけた時には、すでに……。その、ご令嬢の前で言うのは、はばかられますが」

アルジーニは私を見て言いにくそうにした。

「気にしないでください。私のことはかまわず」

私が言うと、アルジーニはそれでもどこか言いにくそうにしながら言葉を続けた。

「……ひどいありさまでした。地獄とは、このことを言うのかと……」

彼は、淡々と当時の話をし始めた。

オカルトじみた話

アルジーニいわく、駆けつけた時、ここは血の海だったらしい。

「乱闘……いや、あれは乱闘というにはあまりにもひどかった。目玉をえぐり、頭蓋骨を砕き、手足の骨を折り、屍《しかばね》を足場にして……ここにいた誰もが殺し合いを繰り広げていた……」

アルジーニが苦しそうな声でつぶやく。私はそれを聞きながら、そのあまりの凄惨さに息をのみ、思わず手をぐっと握りしめてしまった。

……殺し合いが起きた？　なぜ？　ここは人身売買の会場だったはず。どうしてそんないきなり――。

そこでふと、昨夜のガーネリアを思い出した。たしか、ガーネリアの足首には薔薇の刻印が打たれていた。そして、その呪いの種類は――。

――隷属……。

もしやと、ある推測が思い浮かぶ。

いや、でも。だけど。それが真実ならば、ここで起きた虐殺事件は――。

「そして……これは、アリアス殿下にもご報告申し上げましたが……息絶えた人々の体を確認すると、みな、足首に刻印があったのです。薔薇の……黒の刻印です」

それを聞いて、私は背筋が凍ったような気がした。

つまり、やはり。ここで起きたという地獄のような殺し合いは、その隷属魔法によって起きたというのだ。

でも、誰が？　なぜ、そんなことを……。

私はうつむいて思わず考え込んでいると、不意にレオンハルト殿下が口を挟んだ。

「ほかに……なにか変わったことは？　その日、ここには誰がいた？　みな、死んだのか」

硬い口調でレオンハルト殿下が尋ねる。その言葉に、アルジーニはどこか言いにくそうにしながらも、視線を揺らした。だけどやがて、その口を開く。

「……これは、噂なのですが……」

「かまわない。話してくれ」

レオンハルト殿下に促されて、ようやくアルジーニはその重い口を開いた。その瞳はじっと私たちを見ている。

この静かな空間が、以前は血にまみれていたということに恐れを抱く。この床は血が染みわたり、壁は、空気は、人々の絶叫と悲鳴と、そして嘆きの声で染まっていたのだろう。この床は、足の踏み場がないほどに屍で埋まり、それらは生きてるのか死んでるのかもわからない状況だったという。

なるほど、アルジーニが地獄と言った訳がわかった気がした。

「……その日、この会場にはルイビス伯爵がいたそうです」

「……‼」

やはり、という気持ちが強かった。

謎の薔薇の刻印に、原因不明の殺し合い。こんな芸当ができるのはよほど手だれの魔法師のみだろう。そもそもあの刻印だってちょっとやそっとの魔法師がかけたものではないだろう。かなり力のある……魔力保持者だ。

そしてそれに一番近い立ち位置を持っているのは聖女である私と、そして愛し子であり、なにがしかの力を持っているという彼。渡り人のユースケのみ……。

ルイビス伯爵はユースケの後見をしていると聞いている。

つまり、この一連の事件の陰には、間違いなくあの愛し子——ユースケという男が絡んでいるのだろう。

ルイビス伯爵はなにを企んでいる？　ユースケを利用して、なにをしようと……？

私が息をのむと同時に、アルジーニはまたしても口を開いた。なにかを決意したような、そんな表情だった。

「あの日……。愛し子であらせられるユースケ殿は、ここで売られそうになっていた、とか……。それをルイビス伯爵に助けられたと、そういう噂があります」

その言葉はしんとした空間によく響いた。私だけでなく、うしろに控えている近衛騎士もかたずをのんで場を見守っている。

ただひとりレオンハルト殿下だけは、厳しい顔をしていた。やがて、レオンハルト殿下は小さく息を吐いた。

「……わかった。ありがとう、もういい」

「はい。ただ、これはあくまで噂なので……真偽のほどは」

アルジーニのどこか迷ったような言葉に、レオンハルト殿下は首を振って応えた。

この、今、足が踏みしめている床は、以前血でまみれたことがある、そんな過去がある床だ。人間の血をたっぷり吸ったのだろう。それを想像すると、足首がゾワゾワとした。

足首に現れる黒薔薇の刻印。そして呪い。

考えていると頭が痛くなってきた。寒気がする。怖い。静かなこの空間はひどく不気味だった。

「かまわない。噂の真偽を確かめるために来たわけではない」

その言葉にアルジーニはどこか不思議そうな顔をしていた。

どこを見ても、なぜか血で染まっている気がした。綺麗に磨かれたタイルは汚れひとつなさそうなのに、そこに鮮やかな赤が浮かんでくるように思えてくる。

——私はそんなに顔色が悪かったのだろうか。

レオンハルト殿下はアルジーニを帰すと、広間を見渡すことなく、私の肩を抱いて邸宅を出た。

邸宅を出て、鈍色の雲を見上げ、私は息を吐いた。

ようやく、呼吸ができるような気がした。気のせいではない。あの空間は、気が重い。苦しい。

そう、どこか息苦しいのだ。まさか、屍人の怨念——。

なんて、そんなオカルトじみたことは言わないけれど。ただ、あそこになにかがあるのはたしかな気がした。

私が邸宅を出ると、レオンハルト殿下が気遣うように私を見た。

「……すまない。やはり、あなたを連れてくるべきではなかった」

「いえ……。私が望んだことですから」

結局のところ、私は、自分の意思でここに来たのだ。首を振って答えると、レオンハルト殿下はその瞳をわずかに揺るがせた。その瞳には後悔、心配、悔恨……といった、複雑な色が滲んでいた。

私は笑って応えたものの、レオンハルト殿下が肩を支えてくれていて、すごく助かった。情けないことに、あの空間にあてられたらしい。正直、ひとりで立つには心もとなかった。

私たちはそのまま馬車に乗り、王城への帰路についた。

窓から見える空は灰色で、今にも雨が降りだしそうだった。

残酷な真実

レオンハルト殿下に、黒薔薇の刻印の話をすると、彼は難しそうな顔をしながらもひとつ提案してくれた。

「……なるほど。きみはそれが魔法ではない、ほかの力によるものだと、そう見ているわけか」

「正解かはわかりません。だけど……あれは、魔法ではない気がします。根本的に、なにかが違う、ような……」

馬車に座り、私の前に座っている彼を見ると、レオンハルト殿下は顎に手をあてて考え始めた。なにか考え事をする時、顎に手を置くのは兄弟共通なのだろうか。アリアス殿下も同じ仕草をすることを思い出した。

レオンハルト殿下は足を組みながら何事か考えると、やがてこう言った。

「……もしかしたら、禁書指定された本になにか手がかりがあるかもしれない」

――かくして、私はレオンハルト殿下の許可を得て、王族にしか閲覧が許されていないリヴァーロンの禁書を拝見することになった。そこに、なにかしらの手がかりがあればいいと期待して。

馬車を降りる時、当然のようにレオンハルト殿下にエスコートしてもらった。やはり、手が触れるその一瞬、レオンハルト殿下はその肩をぴくりと動かした。その頬もわずかにだが赤い。

——やっぱり、勘違いではなさそうだ

私はレオンハルト殿下からひしひしと伝わる好意に唇を噛んだ。どうすればいいかわからない。

まさか私がレオンハルト殿下の妃になるわけにもいかない。

私はルーナとしての生を歩むことを決めたばかりであり、そもそも王族との結婚はもうごめんだ。マクシミリアン殿下との婚約でさんざんな目に遭わされたせいで、今の私には王族への苦手意識があった。

きっと、レオンハルト殿下はいい夫となるだろう。不貞をはたらくこともなく、真摯に、真っすぐ向き合ってくれるだろうと思う。いや、王族であれば複数の妻を持つことは許されている。不貞ではないのか、とか、そもそも好きだとすら言われていないのに妃とか、気が早すぎるのではないか、とか。勘違いかもしれない、とか。

いろんな考えが頭を巡り、私は結局この案件を保留することにした。今すぐ考えるべきことでもない。

私は、目を背けることを選んだ。

レオンハルト殿下は白い薄手の手袋をしているから、素肌が触れ合うことはないが、それでもお互いに意識してしまう。レオンハルト殿下は手が触れるとふにゃりと、その無表情な表情を崩すし、口もとには薄く笑みが浮かんでいる。

私は、それに気づかないようにするのに精いっぱいだった。

レオンハルト殿下に連れられて、私は禁書室へと向かった。どうやらここは王族の許可がないと入れないらしい。私とレオンハルト殿下が入ると、そこはずいぶんと厳かな場所だった。

室内は静かだ。人が滅多に立ち入らないせいだろう。本の香りが強い。

私はレオンハルト殿下を伴って、それらしい本を探すことにした。

禁書室というだけあって、タブーとされるタイトルの本があちこちに並んでいる。宗教関連、政治関連、思想関連のものなど。表に出ればすぐさま物議を醸すような代物がずらりと並んでいる。

私はその中で、ひとつの本棚に目をつけた。

魔法関連の本だ。さすが禁書とされるだけあって、その魔法のタイトルも凄惨なものが多い。

そこで、私はある本に目を引かれた。それは、アリアス殿下の名前が記載された本だった。なぜ、ここにアリアス殿下のお名前が……？

そう思って、私はその本を手に取った。

『アリアス・リヴァーロン第一王子　経過観察』と背表紙には記載されている。表紙には禁書とされる紋章と、閲覧制限を設ける仰々しい印が押されている。私はそれを手に取りつつも、レオンハルト殿下の様子をうかがった。彼は私がなんの本を手に取ったのか気づいていたようだが止めなかった。ということは、見てもいいものなのだろう。

――これは、いったい……。

そう思って、ページをめくる。

そして、私は後悔した。

それは、ひと言でいえばアリアス殿下の毒の耐性をつけるための経過観察を綴ったものだった。最初はザモミと呼ばれる神経痛を催す植物から始まり――どんどん内容はひどくなる。そしてそれは、淡々と記されていた。

――八歳五ヶ月。

濁毒《じゃくどく》を二五ミリリットル投与。数時間にわたり、錯乱状態。自傷行為を始めたため、拘束。深夜、高熱が続き吐血。意識の混濁が見られ、記憶が飛びかけている様子。三十四時間後、解毒――。

濁毒《じゃくどく》とは神経毒の一種で、脳内快楽と同時に神経痛を起こすものだ。量が多すぎれば中毒症で死んでしまうし、少量でも、投与される頻度が高ければ、依存性を引き起こす危険な植物である。全世界でその植物の栽培は禁じられていて、見つかれば重い処分を受ける。

そんな危険植物のひとつに指定された濁毒《じゃくどく》を、しかも多量に、十二歳の少年に飲ませるなんて。下手すれば死んでしまう。私はなんて言えばいいかわからない複雑な気持ちにさいなまれた。レオンハルト殿下は、私がこれを読んでいてもなにも言わない。止められないのをいいことに、私はまたページを操った。

――八歳七ヶ月。

リゲルド二グラム、マヒルダを三・五グラム、スープに混入し、投与。

十三分後、吐血と共に気絶。六時間後目を覚ますが、引き続き吐血を繰り返す。痙攣《けいれん》を起こし、手足のしびれを訴える。貧血の恐れがあるため、途中で中断し治癒魔法を付与――。

リゲルドにマヒルダ。それらは私でも知っている有名な毒草である。それを舐めればたちまち人は、死ぬことから死草《しにくさ》とすら呼ばれているものだ。

その致死量がどれほどかはわからないが、それらを投与するとは、信じられなかった。想像を絶する苦しみが彼を襲ったことは間違いない。王族が毒への耐性を持っていることは知っている。そのための訓練をすることも――。

だけど、こんなにすさまじいものなのだろうか？

この観察記録はどれを取っても、いつ死んでもおかしくない状態に見えた。

私が黙ってページを睨んでいると、不意にレオンハルト殿下が私の隣に歩み寄ってきた。

はっとしてそちらを見る。

レオンハルト殿下はどこか痛ましい――いや……違う。後悔の滲む顔でページを見ていた。

「……アリアスは、自分から望んで毒を飲んだんだ」

その言葉に、私は耳鳴りのような不快な響きを感じた。

レオンハルト殿下は、羽がなでるような手つきで私の指に触れると、そのページに指をすべらせる。無機質な黒のインクをなでて、レオンハルト殿下は言葉を続けた。

「……俺の母親はね。俺が十五歳の時に殺されたんだ」

突然の言葉に、息ができない。

固まってしまった私に、レオンハルト殿下が口もとをほころばせた。

あ、その表情は、アリアス殿下と似ている。

思わぬ共通点を見つけた私は、きっと現実逃避していたのだと思う。信じられない言葉を吐いたレオンハルト殿下は続けて言った。

「俺の母親は、王族への反逆罪を問われ、毒を飲んだ。罪状は……王太子の暗殺未遂」

「っ……!?」

「アリアスは、俺の母親に毒殺されかけたんだ。そして、アリアスはいまだにそれを悔やんでいる」

「そ、それはどういう……」

意味がわからない。意味が、まったくわからなかった。

どういうこと?

深く考えることはやめて、聞いた言葉をそのまま受け止める限りだと、アリアス殿下が悔やむのはおかしい。なぜこんな話になったのか、どうしてこの観察記録につながるのかはわからない。訳がわからないながらに彼を見た。

アリアス殿下はレオンハルト殿下のお母様——つまり第二妃に殺されかけた。なのになぜ、それをアリアス殿下は悔やむ……? 恨みはすれど悔やむのはおかしい。なぜ、なぜ……。意味もわからない焦燥が身をこがす。その焦りに恐ろしさを覚えた。

本をぎゅっと握ると、レオンハルト殿下はどこか感傷めいた表情を浮かべた。

「……アリアスは、私の母上によく懐いていた。王妃殿下は、つまりアリアスのお母上は、こう言ってはなんだが……あまり、子供に興味のない方だったからな」

過去形……。

たしか、リヴァーロンの王妃はすでに死んでいると聞いた。病死だったはずだ。

黙って私が話を聞いていると、レオンハルト殿下はそのまま昔話を聞かせてくれた。

「だけど、母上からすればアリアスは憎い女の息子だ。俺の母上と……王妃殿下だな。ふたりは、仲が悪かった。それも、強烈に。互いが互いを蛇蝎《だかつ》のごとく嫌っていたよ」

「………」

「アリアスが母上を慕うようになって、母上は表面上はアリアスを歓迎した。表面上はな」

私はレオンハルト殿下がなにを話したいのかわからなくなり、彼を見上げた。レオンハルト殿下はどこか遠くを見る目をしていて、その意図は読めない。

「だけど、母上の望みは俺が王位を得ることだった。王妃殿下をその座から引きずり下ろし、自分が王太后として君臨することを望んだ」

それで、レオンハルト殿下のお母様はアリアス殿下を毒殺しようとした。そういうことなのだろうか。

「まさか……」

私が小さい声で言うと、それが聞こえたのかレオンハルト殿下はうなずいた。薄い笑みが浮かべている。

「ティーカップに致死量の毒を塗りつけていたんだ。だけど、お茶を入れる時に侍女が粗相をした。ティーカップをひっくり返してしまった」

「え……」

「それが、アリアスの命を救うことになった。侍女は中身を入れ替えて、アリアスにお茶を出した。

アリアスは苦しんだよ。薄められたとはいえ、それは猛毒だ。すぐに解毒されたけれど、それはあきらかな毒殺未遂だった」

「…………」

私が黙ると、レオンハルト殿下はわずかに目を伏せた。

そして、私から本をそっと取り上げると、そのままそれを本棚へと戻した。もう、読む気はなかった。あれになにが書いてあるかわかった今、もうそれ以上読む気にはなれなかった。あれは、文字通りアリアス殿下が血反吐を吐いた記録なのだ。

「犯人はすぐに見つかったよ。間接的にアリアスを害した侍女は処刑され、毒の流通ルートから母上が犯人だとわかり、母上は毒を飲んだ」

「…………」

「アリアスは、悔やんでいるんだ。なにも知らずに母上を慕ってしまい、結果として彼女を殺してしまったと。母上が死んでからアリアスは変わった。それまでは慕う人は限られてはいたが、それでもその人の前だと年相応の幼い顔を見せた。だけど母上が死んでから……処刑されてからは、アリアスはそれすら見せなくなった。……わかるかな。アリアスがああやって仮面を保つのは、自分を守るためなんだ。もう、誰にも頼らないように……隙を見せないように、そして。誰も殺さないために」

レオンハルト殿下はそこでひとつ息を吐くと、どこか遠くを見るような、感傷めいた色を瞳に映した。

「アリアスは、自分こそが母上を殺したのだと思っているんだよ」

「それは……」

それは、違うのではないだろうか。アリアス殿下を殺そうとしたのは第二妃であり、アリアス殿下に非はないように思える。

私の言いたいことがわかったのか、レオンハルト殿下はわずかに苦笑した。ずっと無表情がデフォルトだったレオンハルト殿下が、今はいやに表情が豊かに見える。

「アリアスにとって、母と呼べる存在は母上だけだったんだろうな。王妃殿下は子供が嫌いだし、会ったことがあるのも片手の数で足りるくらいだと言っていた。アリアスにとっては、第二妃が母代わりだったんだろう。そして……そんな母を殺すきっかけをつくった自分を、今も悔やんでいる」

「………」

「毒への強い耐性を望んだのも、アリアス本人だ。俺も毒への耐性はそれなりにあるが、アリアスほどではない」

正直よく、わからなかった。

私には両親への愛というものがない。母親は私を産んだことを生涯後悔していた人だし、父親は絵に描いたようなろくでなしだ。両親への愛なんてわからないし、家族の絆《きずな》なんて知らない。

だから、母親が死んだきっかけをつくった自分を、悔やむ、なんて感情もわからない。私が黙っていると、レオンハルト殿下は小さく笑った。どこか自嘲めいた、困ったような、あきれたような。

そんな笑みだ。

こんなに笑うレオンハルト殿下を初めて見た気がする。

「贖罪《しょくざい》のつもりなんだと思う。アリアスは母上の代わりに、俺にその罪悪感を押しつけている」

「え……」

「きみが呼ばれたのも、それが関係しているんだよ。ミレルダ」

レオンハルト殿下の瞳が、真っすぐに私を射抜いた。

思わぬ再会

レオンハルト殿下は用事があるとのことで禁書室を出ていってしまった。私ひとりでここにいていいのか迷ったが、レオンハルト殿下はそれは問題ないと告げた。どうやら禁書室の管理人に話を通してくれたようである。

私はひとり残された禁書室で魔法に関する本を読みあさってはいたが、その心はすべて先ほどの会話に向けられていた。

——アリアス殿下って……。

なんというか、思っていた人と違うような気がした。アリアス殿下は軽薄で、なにを考えているのか掴めなくて、自由で、なににも縛られていない人だと思っていた。だけど違った。

誰よりも過去に、立場に縛られて。そしてそれにさいなまれている人だったのだ。

「あ、ここにいた」

その言葉にハッとする。どうやら私は、思った以上に長い時間ここにいたらしかった。

禁書室で呆然と本を片手にしていると、不意に声がかけられて飛び上がるほど驚いた。

振り向くと、まさに今私の心を占めていた人物——アリアス殿下が本棚に寄りかかって私を見ていた。その手には珍しく白手袋がなく、左手の中指には王太子の証である指輪がはめられていた。

「アリアス……殿下……」

「捜してたんだよ。よかった、見つかって」

「…………」

どうしよう。さっき、妙な話を聞いたせいだろうか。自然な受け答えができない。私が黙っていると、私の反応の奇妙さにアリアス殿下はわずかに眉をひそめたようだった。だけど彼はなにも言わずに、いつものようにその顔に甘い笑みをのせた。

「きみに会わせたい人がいるんだ」

——来てくれる？

アリアス殿下の言葉に、私は目を丸くした。

会わせたい人……？　アリアス殿下は私の答えを待たず、踵を返した。そのまま歩き去っていく彼の後を慌てて追う。

アリアス殿下は軽快な仕草で禁書室の扉を開くと、そのまま廊下に出た。私もそれに続いた。

アリアス殿下に連れてこられたのは彼の執務室だった。

執務室には扉がふたつあって、ひとつは今廊下から入ってきた扉だ。もうひとつは、恐らく応接室へと続いているのだろう。

なぜここに連れてこられたのかわからず目を白黒させていると、アリアス殿下が突然私の頭になにかをのせた。「きゃあ!?」

「はい、静かに。聞こえるから」

「な、な、な……⁉」

誰に……⁉　それよりこれはいったい何事……⁉

突然のことに驚きながらも呆然としていると、アリアス殿下は私の頭にのせたなにかを動かす。位置を調整しているかのようだ。視界になにかがちらちらと見え、もしかして、と見当をつけた。

「これは……」

「そう。変装グッズ」

「……あの、すみません。アリアス殿下がわりと唐突で読めない方なのはわかってるんですけど、これはどういうことですか？」

聞くと、アリアス殿下はその端正な顔《かんばせ》に甘い笑みを浮かべて答えた。

「さぁ。なんだろうね？」

こうして読めない表情で笑うアリアス殿下と――レオンハルト殿下の言っていた、第二妃が死んだきっかけをつくったことを悔やんでいるというアリアス殿下。

どちらが本当のアリアス殿下なのだろう。

私がそんなことを考えていると、不意に顔になにかがかけられた。見れば瓶底メガネである。

こうして、私は――黒髪のかつらと瓶底メガネを着用することになったのである。ふと、インテリアとして置かれている鏡が目に入る。そこには野暮ったいお下げの黒髪頭と、瓶底メガネで瞳がまったく見えない私が映っている。

芋くさい印象を受ける。私はそれを見ながら、なんと言えばいいのか。どこか釈然としない気持ちになっていた。いろいろと複雑な思いを馳せていたのに、それをぶち壊された気分だ。

それも、誰あろう本人の手によって。

私はじろりとアリアス殿下を見た。彼は私を見て楽しそうに瞳をきらめかせた。こんなにいたずらっぽい、楽しいことしか考えてなさそうに見えるのに。こんな彼が、重い過去にとらわれているということが信じられなかった。

「よし、それなら上出来かな」

「はい？　あの……」

「さて、ルーナ。僕の〝本当の目的〟を果たす協力をしてくれるかな」

「は？　いや……あの、えっ⁉」

アリアス殿下がなにを言っているかわからない。わからないままに私は手を引かれて執務室の扉の向こう――応接室へと連れていかれた。

いったいなにが待っているのか。いや、アリアス殿下は会わせたい人がいる、と言っていた。ということは待っているのは人である。私に会わせたい人とはいったい……？

それに、こんな変装みたいな真似をするなんて。

そこまで考えて、もしや、と思いついた。だけどその途端、その答えが目の前に飛び込んできた。

「やぁ、お待たせして悪かったね。マクシミリアン王太子殿下」

――そこにいたのはかつての私の婚約者である、マクシミリアン・セイフェルーンその人だった。

「なっ……」

なんで、マクシミリアン殿下がここに……⁉

叫びそうになった声を、すんでのところでのみ込む。私の反応に気づいているはずなのに、アリアス殿下はあえて気づかないふりをして部屋に入っていった。私も、いつまでも扉付近で固まっているわけにはいかない。

たとえ黒髪のかつらと瓶底メガネをかけているとしても、気づかれれば大惨事である。動きが鈍る足になんとか勢いをつけて、部屋に入った。

部屋の中央には、どこか落ち着きがない様子のマクシミリアン殿下が、立ったまま視線をあちこちに動かしている。一見して余裕がない状況だとわかる。

私は絶対にマクシミリアン殿下に正体が気づかれないようにしなければ、と気を引き締めた。

彼はすぐにアリアス殿下を見ると、藁《わら》にもすがるような声音で話しかけてきた。

「聖女……！　聖女を……‼」

突然そんなことを叫ぶものだから、即行で気づかれたのかと身をすくませる。だけどマクシミリアン殿下を見ると、彼は私など視界に入っていないようで、アリアス殿下を見つめていた。まるで債権者に追い立てられる世捨て人のような顔つきでアリアス殿下を見るマクシミリアン殿下に、内心、息をのんだ。

サラサラと夜空を思わせる黒髪は艶がなく、傷んでいるのが一見してわかる。そのシャープだったはずの輪郭はこけて、頬は少しくぼんでいた。もともと細身の人ではあったがさらに肉が消え、今では枯れ枝のようである。

とてもではないがセイフェルーンの王太子には見えない。私が息をのんでマクシミリアン殿下を見ていると、彼はまくし立てるように再び叫んだ。

「聖女だ！　聖女を……！　聖女……！」

彼は狂ってしまったのだろうか？

切羽詰まって聖女、聖女と繰り返すさまは哀れでもあるし異様でもある。

それを見て、アリアス殿下は余裕の笑みを崩さなかった。彼はにこりと彼特有の余裕の笑みを浮かべると、マクシミリアン殿下にソファをすすめた。

「はは、ずいぶん慌てているみたいですが、まずは座ってからにしませんか？　立ち話もなんですし」

「いやっ！　あのっ……聖……」

「ああ、聖女のことですね。セイフェルーンにいたという？」

「そう、そうですっ……！　あの、あの、聖女を……」

本当に、どうしてしまったんだろうか。もとから話が通じない人ではあったけれど、ここまでおかしくはなかった。なにがこんなに彼を――。そこまで考えて、答えを知る。

私だ。私が、彼をこうしたのだ。今まで彼が私にやってきたことを考えれば、胸は痛まない。ただ、ひたすら哀れだと思うだけだ。

それにしても、なぜアリアス殿下が私を彼に引き合わせたのかがわからなかった。まさか、私が爆破した結果国がどうなったのかを実際に目で見せて教えるためだけに連れてきたわけでもないだろうし。

そんなことを考えていると、不意にアリアス殿下と視線が交わった。一瞬、アリアス殿下は楽しそうなきらめきをその瞳に見せた。

「……？」

アリアス殿下はソファに座り、優雅に足を組む。それとは対照的にマクシミリアン殿下は、落ち着きのない様子でソファに座っている。足を揃《そろ》え、身を縮こめながらアリアス殿下を食い入るように見ている。

「ああ。そうか、たしかマクシミリアン殿下は、もう少しで王位継承権を剥奪されるのでしたね」

「ああああっ！」

マクシミリアン殿下が途端に呻き声のような悲鳴をあげる。次いで、彼は頭をがっとかかえ込んで、その髪をかきむしった。異常だ。彼のその不気味さに思わず後ずさりそうになる。

なのに、アリアス殿下はいたって普通だった。この人はなんていうか、肝がすわっているというか。本当になにを考えているのかわからない人である。

なにを望んでいるのだろうか……？

——というより、王位継承権を剥奪？

その言葉に、ふと耳を奪われた。今、アリアス殿下は王位継承権が剥奪されると言った。マクシミリアン殿下が王位継承権を剥奪される？　それはつまり、廃嫡されるということか。

「たしか、本来敬い保護するべき聖女を貶《おとし》め虐げてきた責任を取らされるのでしたね」

「違う！　違う、これは誤解なんだ。ミレルダは……聖女は！　突然消えたんだ‼　それにこれは……これはちょっとした行き違いで——そんな事実はない‼」

どの口がそれを言うのか。手に扇があれば思わずそれを投げつけていただろう。扇がなくてよかった。

今の私はただの侍女だ。黒髪のかつらをつけて瓶底メガネをした私は、アリアス殿下の侍女のひとりなのである。間違っても他国の、まだ王太子であるマクシミリアン殿下に扇を叩きつけていい身分ではない。

それに、私は王城から出ていっただけである。それなのに『消えた』とは笑わせる。内心私は毒づいた。

私はマクシミリアン殿下の胸ぐらを掴み上げたいのを必死にこらえて、話の行方を見守っていた。

アリアス殿下はうっすらと笑みを浮かべた。そして、彼は実に優雅にマクシミリアン殿下に告げたのだ。

「そう、行き違いねぇ……だけど、彼女は戻りたくなさそうだけど」

「……は？」

マクシミリアン殿下は間の抜けた声を出した。私はといえば、冷や汗がどっと出てきた。

待て。アリアス殿下はなにを言おうとしているのか。

私は思わず焦りを見せるが、アリアス殿下は表情を変えることなく言葉を重ねた。

「聖女は、我がリヴァーロン王国が保護している。彼女の意志によってね」

「な、な……なぜ……」

「返してほしい？　セイフェルーンの王太子」

優しく、語りかけるような声でアリアス殿下が聞いた。

その甘やかな声にマクシミリアン殿下は、ばっと顔を上げた。

そもそも返すもなにも、私はモノではないのだけど。

思わずアリアス殿下のうしろ姿を睨みつける。そして、アリアス殿下がなにを言い出すのかがわからずに私ははやる胸を押さえた。

「か、返して……いや！　戻してくださるのですか！　我がセイフェルーンに‼　聖女を‼」

マクシミリアン殿下としては、一刻も早く私に戻ってきてほしいのだろう。今の話を聞く限り、マクシミリアン殿下の廃嫡はほぼ確定と思われる。責任を追及されているということであれば、恐らく私を連れ帰りさえすれば廃嫡は免れると考えているのだろう。

そして、恐らくその考えは正しい。私が戻れば、それでもと通りだ。セイフェルーンの面子は保たれ、マクシミリアン殿下も無能とはいえ、王太子として君臨するのであろう。そして、彼が王になった暁にはセイフェルーンは滅亡を迎える。そんな未来があっさり想像できて吐きそうになった。

結局、私はミレルダ・シェイランとして見られることはなく、いつまでたっても聖女のままなのだ。それが歯がゆくて、悔しい。

「そうだね。まあ、ほしいなら力ずくで奪ったらどうかな」

「――――は？」

そして、アリアス殿下が続けて言った言葉は、やはりとんでもないものだった。

思わず私も固まる。だけどアリアス殿下は、どこか楽しそうに目を細めながら黒髪の彼を見た。

「聖女は我がリヴァーロンを気に入ってくれている。それに、私たちも聖女の力があるとありがたい。末永い関係を築きたいと思っているんだ」

「な、な、そんな、……そんな、ことが……」

「だけど、セイフェルーンの王太子。あなたは聖女が戻らないとその地位を追われるのでしょう？喉から手が出るほどに、あなたは聖女を——彼女を欲しているわけだ」

「………」

アリアス殿下がマクシミリアン殿下をセイフェルーンの王太子、と呼ぶのは恐らくわざとなのだろう。そう呼ぶことによって、彼に焦燥を感じさせるために。現にマクシミリアン殿下の落ち着きはさらになくなり、彼は膝の上に置いた手を握ったり開いたりしていた。

それより——アリアス殿下はなにを言おうとしているのだろう。なにを言わせようとしている？マクシミリアン殿下に。

「それなら、奪えばいい。私からミレルダを奪って、自国に返り咲けばいいんですよ。まあ、リヴァーロンもただでは奪わせませんがね。そのお覚悟があるのなら、どうぞ？」

「………」

マクシミリアン殿下は息をのんでいるようだった。私もだ。まさか、宣戦布告を促されるとは思っていなかった。そして、それと同時に私は思い出した。アリアス殿下が言っていたことを。たしか、彼はこの部屋に入る前にこう言っていた。

『僕の〝本当の目的〟を果たす協力をしてくれるかな』

さらにもうひとつ思い出す。たしか、初めてアリアス殿下と会った時、彼はこう言っていた。

『おもしろい余興をやるので、ぜひ見届け人となってほしい——ってね。本来なら辞退するところなんだけど、今回はほかにも用事があってね。それで訪れていたんだ』

アリアス殿下は最初から、別の目的があってセイフェルーンを訪れていたのだ。そして、その目的こそがこれ……。

セイフェルーンの奪取、なのだろうか。

私でもわかる。ここでもし、マクシミリアン殿下がアリアス殿下の挑発に乗って宣戦布告を出せば、それはすなわちセイフェルーンからリヴァーロンへの敵意と見なされる。

つまり、戦争になるわけだ。結果がどうなるかは火を見るよりあきらか。大国であるリヴァーロンにセイフェルーンがかなうはずがない。

そうなってしまえば、遅かれ早かれ、セイフェルーンはリヴァーロンのものになる。リヴァーロンは、セイフェルーンを属国にしようと考えていたのだ。

——そうよ、私が国を出る時も思ったじゃないの。

セイフェルーンは豊かな国で、資源もあふれている。セイフェルーンを欲しがる国は多いのだ。

そして、それはリヴァーロンも同じだった。つまり、そういうこと……。最初から私は利用されていたのだ。わかってはいたけれど、目の前が点滅するようにチカチカとした。

どうだった？

「は……ははは！　はははははは‼」

固まっていたマクシミリアン殿下が急に笑いだした。その乾いた笑いに毛が逆立つ。狂ったように笑ったマクシミリアン殿下はやがて、ゆるりと立ち上がった。そしてどこか爛々とした瞳をアリアス殿下に向ける。嫌な予感がする。まさか――。

そう思った時だった。

キィン！という甲高い音がする。一瞬の出来事だった。マクシミリアン殿下が腰の剣を抜き払い、それを勢いよくアリアス殿下に振り下ろしたのだ。

アリアス殿下は上着の裏に忍ばせていたのか、短剣を取り出すとそれで応戦した。剣と剣が重なり合う甲高い音が響いた。私が気づいた時には、アリアス殿下がマクシミリアン殿下の剣を弾いていた。

高い音がまたひとつ響き、マクシミリアン殿下の剣は床へと叩き落とされた。

もともとマクシミリアン殿下は武芸に秀でている人ではない。しかも今の状態であれば間違いなく彼に勝ち目はなかっただろう。現にすでに勝負はついている。

加えて、アリアス殿下は誰よりも王族らしい矜持を持っている人である。

剣術もたしなんでいるに違いない。

ふと、アリアス殿下の言葉を思い出す。

『大丈夫だよ、こう見えて腕は立つ方なんだ』

たしか、セイフェルーンからリヴァーロンに向かう時に、護衛がひとりしかいないことに疑問を感じていた私にそう言っていた。その発言からして、彼は武芸にも秀でているのだろう。毒への耐性の件といい、恐らく彼は足をすくわれないために、そして幼少期の惨劇を繰り返さないために、身を守る術を徹底して仕込まれているのではないだろうか。

彼の甘やかな見かけと、その内実が紐《ひも》づかなくて私は歯噛みした。

「残念だよ、マクシミリアン殿下。話し合いは決裂だ」

短剣を持ったままアリアス殿下は立ち上がった。剣を弾かれたことでマクシミリアン殿下はうろたえている。視線をさまよわせ、手を開いたり握ったりしている。

それを見て、アリアス殿下はふ、と笑みをこぼした。やわらかな笑みだ。

「リヴァーロン王国王太子への傷害未遂、殺害未遂できみを捕縛する。仕方ないよね？　きみは、僕に刃を向けたのだから。このままセイフェルーンに返すわけにはいかなくなった」

「な、なにを……」

「ありがとう、マクシミリアン。きみが噂通りのおかげで、僕は計画通り物事を運ばせることができる。きみには感謝している。きみの、その平和な頭に謝意を」

そう言って、アリアス殿下はまたひとつ暗い笑みを浮かべる。

とても華やかとは言いがたい笑みを向けられて、マクシミリアン殿下は恐れたように後ずさった。

だけどアリアス殿下はそれにはなにも言わずに、ちらりと視線を部屋の隅にやるだけだ。

「連れていって」

「かしこまりました」

そんな返事と共に、どこからか黒装束に身を包んだ人が二、三人現れて、マクシミリアン殿下の周りを囲んだ。それでようやくマクシミリアン殿下は事態を把握したようだ。しかし時すでに遅し。命を受けた黒装束の人たちは実に鮮やかに、抵抗するマクシミリアン殿下を縛り上げてしまった。

縄で戒められたマクシミリアン殿下を呆然と見る。

——マクシミリアン殿下が捕らえられてしまった……。

しかも、罪状はアリアス殿下への傷害未遂。殺害未遂とも彼は言っていた。

つまり、あっさりとマクシミリアン殿下は捕らわれの身となってしまったわけである。隣国の、リヴァーロン王国の王城で。

連れられていくマクシミリアン殿下を見ながら、私はなぜアリアス殿下がこんな手に出たのかを考えていた。

そして、すぐに気づく。

そうか、アリアス殿下は手札のひとつにしたいのか。

リヴァーロンは王太子を、セイフェルーンの王太子に傷つけられそうになったのだ。たとえセイフェルーンがマクシミリアン殿下を廃嫡したとしても、この一件の代償としては足りない。それに、そもそもセイフェルーン国王は、聖女の一件でマクシミリアン殿下を切り捨て、廃嫡するつもりでいた。

そう考えると、リヴァーロンとしては面子が立たない。王太子の廃嫡をもって事を収めるなど、納得できるはずもない。

アリアス殿下が望んでいるのは、セイフェルーンの国そのものだ。

いずれにせよ今のところはまだ、マクシミリアン殿下は王太子である。仮にも王太子である彼が捕らわれている以上、セイフェルーンも下手な真似はできないだろう。

アリアス殿下は、マクシミリアン殿下と引き換えに、セイフェルーンを譲り渡せと話を持ちかけるつもりでいるのだ。

誠意の証としてその国自体、または権利か……最初は言葉遊びのような搦《から》め手から始めるのだろうか――それはわからないが、交渉術に持っていくのは間違いないだろう。

どう転んでも、セイフェルーンがリヴァーロンの支配下に置かれるのは目に見えていた。

今の、たった数分の間に国の未来が決まってしまった――。

そのことに私は呆然として、恐れを抱いた。いくらマクシミリアン殿下の頭が残念とはいえ、こんなにあっさりと……。

思うように事を運んだアリアス殿下に恐れを抱いた。

私が息をのんで場を見守っていると、不意にアリアス殿下がこちらを振り向いた。

さんざんわめき立てていたマクシミリアン殿下は、あっという間に部屋を連れ出されてしまった。

彼が連れていかれたのは地下牢だろうか。王族だからそれなりの待遇ではあると思うのだけど……。

アリアス殿下と目が合うと、彼はふわりと微笑んだ。それが場違いなほどに美しくて、またしても背筋がピンと伸びた。

「それで、どうだった？」

「どうだった、とは……」

乾いた声が出る。それは今のことを言っているのだろうか。

アリアス殿下は私がマクシミリアン殿下の許嫁《いいなずけ》であったことを知っている。それを踏まえての今の発言なのだろうか？

たしかに私はマクシミリアン殿下を恨んでいた。だけど、その復讐はもう自分の手で果たしたはずだ。アリアス殿下の手に委ねる必要はない。

私が戸惑っていると、アリアス殿下はため息をついた。そして、またしてもソファに腰掛ける。部屋にはすでに私とアリアス殿下のふたりしかいなかった。

「まあいいや。とりあえずルーナも座って。妙なもの見せてしまったし」

妙なものって……。

私はためらったが、うなずいてアリアス殿下の対面に座った。だけど、マクシミリアン殿下が座っていたところに腰掛けるのは嫌だったので、少しずらした位置に腰を下ろした。アリアス殿下はそれを見てから、膝に頬杖をついて甘やかな笑みをうかべた。

出た、アリアス殿下の楽しげな笑みだ。その瞳はきらめきを見せている。アリアス殿下は時々こういった目を私に向けてきていた。

「人身売買の会場跡地で、なにか掴めたんじゃないのかな」

「え……」

まさかその話をされるとは。

ついさっきまでマクシミリアン殿下がここで騒ぎ立てていたことなどなかったかのように、アリアス殿下は話し始めた。私はといえば、唐突な話題転換についていけない。

私が目を白黒させていると、アリアス殿下はくっ、と小さく笑った。そして、口もとに弧を描いて私を見る。

「さっきのはただの余興だよ。本題はこっちだ」

「な、にを……。どういうことですか？　私は、アリアス殿下がなにをされようとしているのかわかりません……」

もっとも、わかるものなど誰ひとりいなさそうではあるけれど。いや、レオンハルト殿下ならわかるのだろうか……？　そんなことを考えていると、アリアス殿下はふむ、と足を組んだ。

「たしかルーナはあの男の婚約者だったよね？　そして、きみはあの男を捨てて国を出た」

「…………」

その通りだ。私が黙っていると、アリアス殿下は甘やかな笑みを浮かべた。その瞳からは先ほどの楽しげなきらめきは消えていた。

「恐らく、きみは誰よりもあの後のことを知りたがってるのではないかと思ってね。まぁ、僕の独断だ。それに、言ったはずだよ。僕にはもともと目的があったと。それのためにきみを利用したにすぎない」

「……私は」

アリアス殿下の顔を見ながら、私は口を動かした。硬い声音になってしまう。だけどどうしても言いたかった。手をきつく握り、私はアリアス殿下を見据えた。アリアス殿下は少し驚いたような顔をしていた。

「私はモノではありません。道具でもありません。アリアス殿下のお話に乗って私はここにいますけど、そういった扱いをされるなら、私はここを出ます」

「……うん。そうだね。ごめんね」

あっさりとアリアス殿下は謝った。一瞬、驚いた顔をしていたが、すぐにいつものやわらかい表情に戻った。一瞬でも、彼のそのポーカーフェイスを崩せた。私は心がくすぐられるような不思議な感覚に陥った。

「すまなかった。そういうつもりはなかったんだけど――いや、そう思わせたのは僕か。とにかく、安心していい。きみはもう、誰でもない、ただのルーナだから。それ以上でもそれ以下でもない。だから、安心して」

「……アリアス殿下に言われて安心なんてできません」

「困ったな。じゃあ、兄さんにそう伝えておくから。きみは、僕の言葉ではなく兄さんの言葉なら信頼できるだろう?」

そう言われて、私は言葉に詰まった。

それは、事実だった。どこか読めない、なにを考えているかわからないアリアス殿下より、率直でストレートに伝えてくれるレオンハルト殿下の方が信頼できる。私が黙ったのを見ると、アリアス殿下はまたひとつ笑みを浮かべた。

「よし。じゃあこの話は終わり。次は、本題に入ろう。それで、ルーナ。人身売買の会場跡地できみはなにを聞いてきた？」

話題の移り変わりに、やはりついていけない。だけど、アリアス殿下には謝ってもらったし、それに私はすでにルーナなのだ。聖女でも、なんでもない。どこか引っかかるような気にもなったが、すぐに持ち出された話題にそれも霧散してしまう。私は咄嗟に先ほどの記憶を探した。そして、アリアス殿下に伝える。

「……殺し合いがあったと」

「それで？」

「地獄のようなありさまで、そして……」

「うん」

「アリアス殿下はご存じですよね。噂が、あったと。ルイビス伯爵と愛し子ユースケが、その場にいたという……」

アルジーニはアリアス殿下にも報告を上げていたと言っていた。アリアス殿下が知らないとは思えない。私が言うと、アリアス殿下は甘やかな笑みをまたひとつ浮かべた。

「うん、そうだね。知ってるよ。ルーナ、きみはどう見る？　きみから見て……その邸宅はどう映った？」

その言葉に、私は邸宅でのことを思い出していた。

あの広間は、異様な空間だった。頭痛がして、気持ちが悪くて……そして、居心地が悪かった。胸が圧迫されるような感覚がして、とにかく呼吸がしづらい。至る所に血の跡が残っているような気がして――。

まさかオカルトじみたものが関係しているとは思わない。だけど、それでもなにか。

言いようのない奇妙さが存在していたのはたしかだ。そして、私は邸宅を見回る前にその気持ちの悪さから、早々に邸宅を後にしてしまったのだった。

それを思い出しながら私は顔を上げた。真っすぐにアリアス殿下と視線が交わる。私はそれに視線を逸らしながら答えた。

「わかりません……。あの場所は……ひどく、気味が悪くて……」

「まあ、いろいろとあった土地だからね。きみがそう思うのも無理はないと思うよ」

「……違うんです。なんか、こう、得体の知れない薄気味悪さというか……。とにかく、あの場所は重くて……。そう、空気がすごく重かった、気がします」

話していて、ますますオカルトじみてきた、と内心私は思った。口を開けば開くほど、まるで幽霊でもいるのだと言っているような気がした。まさか幽霊がいるから空気が重いのだとは言わないが、それでもあの場はひどく不気味だった。

私が言うと、アリアス殿下は数回、自分の膝に指を打ちつけた。そして――。

「……そう」

短くそう告げた。

続いて彼は、私と視線を合わせた。その瞳の中にまたしてもきらめきが戻っているのを見て、私は嫌な予感に襲われた。そして、恐らくそれはあたっている。視線が絡むと、アリアス殿下は実に楽しげな――美麗な笑みを浮かべて、私に言った。

「ルイビス伯爵家に行こう。話が聞けるかもしれない」

ガーネリア嬢は違う、らしい

相手に勘づかれて先手を打たれては困る、というアリアス殿下の言葉で、私とアリアス殿下は早速明日、ルイビス伯爵家に向かうことになった。当然先触れは出さないらしい。

私は応接室を出ると、自室に戻る道を歩いていた。

なんだか、急展開すぎて頭がついていかない。マクシミリアン殿下のこともそうだし、愛し子ユースケのことだってそう。

思った以上に大変なことに巻き込まれたのだと、今一度思っていた時のことだった。

廊下を曲がると、体に衝撃が走った。

顔になにかがぶつかる。端的に言うと、私は誰かにぶつかってしまったらしかった。上の空だったのがいけないのだろう。私は慌てて声をかけた。

「ごめんなさい！」

「いや……こちらこそ」

神経質な声が聞こえて、はっと顔を上げる。そうすると、彼もまた同じタイミングで私を見下ろしていて、視線がかち合った。

「ベルタ……様」

ギリギリまで様をつけるか迷った揚げ句、一応今の私の身分は貴族だということを思い出してとってつけたように言い足す。ベルタは私を見て、露骨にも眉をひそめた。相変わらずのご挨拶である。

私は表情に出ないよう気をつけながらもベルタを見た。気を抜けば私まで顔をしかめてしまいそうである。相変わらずベルタは身長は高いわ髪は長いわで、独特の雰囲気がある。

「ああ……誰かと思えば、あなたですか。押しかけ妻にでもなるつもりですか？」

とんだご挨拶である。アリアス殿下はこれが秘書で疲れないのかしら。そんなことを私は思いながらもベルタを見据える。ベルタは鼻白んだように私を見ていた。

「ごきげんよう、ベルタ様。ご存じありませんの？　わたくしをさらったのはほかの誰でもない、アリアス殿下ですのよ？」

嘘は言ってない。嘘は。ただそこに愛がないだけ。

利用価値があるというだけで連れてこられたことに苛立ちを覚えるが、私は笑顔の仮面の下にそれを隠した。私が言うと、案の定ベルタは苦々しい顔をした。

「くっ……！　殿下もこんなののどこがいいのか。理解に苦しむ……！」

〝こんなの〟とはご挨拶である。やっぱりこの男、張り手の一発くらい見舞ってもよさそうな気がする。手がすべっちゃいましたわ、なんて言いながら殴っちゃダメだろうか。それかふらついたふりをして足を踏みたい。この歩きにくい、もはや歩く凶器と化したピンヒールのかかとで思いっきり足を踏んづけてやりたい気持ちになったが、なんとかそれを押しとどめた。

そうよね。さすがに足の骨が砕かれるのはかわいそうだわ。ピンヒールとは凶器なのである。

私が最大の慈愛をもってそれをなんとか押し込んでいると、ベルタは私をじろじろと見た揚げ句、ぽつりとこぼした。

「違う……」

「はぁ？」

思わず険のある声が出る。それを聞きながら、ベルタはもう一度私を見た。そして、試すような目で見据えてきた。

「殿下にふさわしいのは、グレイス公爵令嬢です。あなたではない」

「……はい？」

理解するのに、わずかながらも時間がかかった。たっぷり間を取ってから言うと、ベルタはぐっと眉を寄せた。グレイス……グレイス……。誰だったかしら。脳内の記憶を探って、そして思い出した。

たしかグレイス・デスフォワード。唯一誘拐事件に巻き込まれていないご令嬢で、病気療養のため郊外に戻っているご令嬢。彼女のことを思い出していると、ベルタは忌々しい存在を見るように私を見てきた。

「グレイス様さえいらっしゃれば……お前など……」

お前とはご挨拶である。やはりここは張り手をお見舞するべきかしら、と思いつつ私はとあることを思い出した。

そうよ。まず私を目の敵にする前に、ほかに大切な人がいるじゃないの。そもそも私は恋人のふりをしているだけである。本当の恋人はガーネリアであって、私ではない。

それをこの秘書であるベルタが知らないはずがない。昨日だってガーネリアは、アリアス殿下の隣の部屋で寝泊まりしたはずだ。それを思い出して、私はベルタに声をかけた。

「もしわたくしがいなくなったとしても、ガーネリアがいるじゃありませんの。それはいいんですか？」

「は？　ガーネリア……？」

言うと、ベルタはまるで鳩が豆鉄砲を食らったかのような間抜けな顔をした。私は驚いた。この男、こんな間抜けな顔もするのか。

まるで信じられないアホの回答を聞いたかのような顔である。ベルタはしばらくぱちぱちと瞬《まばた》きをしていたが、やがて戸惑ったように答えた。

「いや……ガーネリア……嬢は違うでしょう？　なにを言ってるんです？」

私からすれば、お前がなにを言ってるんだと言いたかった。しかしベルタは時間が押していたのか、私がさらに質問を重ねる前に、慌てた様子でその場を去ってしまった。

結局のところ、ベルタから彼の言葉の意味を聞き出すことはできなかった。

――ガーネリアは違うって、どういうこと？

私は違和感を抱きながらも、自室へと戻った。

明日は、ルイビス伯爵家に向かう日だ。よく休んでおかないと。

幕を引きましょう

次の日。

アリアス殿下に迎えられて、私は共に馬車に向かった。馬車に乗り込むと早々に私はアリアス殿下になにか、巾着のようなものを渡された。

「これは……？」

「ああ、まだ開けないでね。それはお守りだから」

「お守り……」

まさかアリアス殿下からそんな信仰心のある言葉を聞くとは思わなかった。私が訝《いぶか》しんでいると、アリアス殿下は薄く笑みを浮かべた。

ちなみにレオンハルト殿下は用事があるとのことで、私たちとは別行動だ。

目の前に座るアリアス殿下は薄い笑みを浮かべながら私を見た。空は晴れていて、ここ最近の曇天が嘘のようだった。

「念のためだよ。持っていて損にはならない」

「…………」

私はいささかうさんくさく思ったが、黙ってそれをスカートのポケットにしまった。

ルイビス伯爵邸まではわりとすぐだ。私とアリアス殿下はお互いになにを話すことなく、馬車が目的地に到着するのを待った。

そして約三十分ほど経過した頃。

ようやくルイビス伯爵邸が見えてきた。やがて門の前に到着し馬車が止まると、ルイビス伯爵邸を守っている衛兵が訝しげに私たちを見ている。だけどすぐに馬車に刻まれた王家の紋章に気づき、飛び上がるようにして驚く。

そこからは早かった。あっという間に取り次ぎを終え、私とアリアス殿下は邸宅の中へと案内された。

ルイビス伯爵家はかなり裕福な資産家らしい。爵位の歴史こそ浅いが、金は潤沢ということだ。


応接室に招かれた私たちは、ルイビス伯爵と相対した。

ルイビス伯爵はたっぷりとした髭をなでつけながら、猫なで声で私たちに聞いてくる。なぜお前がいるんだと言わんばかりの視線を受け止めながら、私はつんとした態度をとった。

「これはこれは。王太子殿下。我が邸宅まで足を運んでくださり、望外の喜びにございます」

もみ手をしながら媚びを売ってくるルイビス伯爵に、アリアス殿下は冷たい笑みを浮かべるだけだった。アリアス殿下はいつもやわらかな甘い笑みを浮かべてばかりだったから、こういう冷たい笑みを浮かべるのは珍しい。アリアス殿下は長々しい口上を口にし始めたルイビス伯爵に手を上げてそれを止めさせた。そして、アリアス殿下は席に座る間もなく、彼に告げた。

「ガードナー・ルイビス。お前に王都連続令嬢誘拐事件に関わっている嫌疑がかかっている。ご同行願おうか」

「……は？」

ルイビス伯爵はぽつりと声を漏らした。だけどそれは、寝耳に水というような、間の抜けた反応ではない。むしろ、怒りや憎しみなどが混ざっているような、そんな重い声だった。

恐らくルイビス伯爵は黒である。人は図星を突かれると、いや悪事を暴かれると激昂しやすくなる。ルイビス伯爵の反応はまさにそれだ。

私と同様、アリアス殿下もそう感じたのだろうか。

連れてきた近衛騎士がぐるりとさりげなく部屋の中を囲む。ルイビス伯爵は脂汗を浮かべながらアリアス殿下を見た。

「な、にを……なにをおっしゃってるのですかな？　私が、誘拐事件に？　そんな馬鹿な。あるわけないじゃないですか」

「その判断は我が王族軍がする。貴殿がすることではない」

「……なにを……」

ルイビス伯爵はうなった。ぐっと強く拳が握られている。それを見ながら、またしてもアリアス殿下は冷ややかな声を出した。

「愛し子だという、ユースケ殿は？」

「それは……‼」

弾かれたようにルイビス伯爵が顔を上げたのと同時に、部屋の扉が開いた。扉の向こう側からは黒髪のやせ細った男が、近衛騎士に背を突き飛ばされ部屋に入ってくるところだった。

ぎょろりとした、魚のような目と視線が絡む。私はそれを見て、ぞくりと背筋が震えた。なにか、違和感がある。違和感、としか言えないそれは、恐らくユースケの力によるものなのだろう。

愛し子という彼の力がいかほどなものかはわからない。だけど、この得体の知れない気味悪さは、きっと魔法ではない。

突き飛ばされたユースケは、つんのめるようにしながら部屋に入ってくると、、私たちをじろじろと見た。

「なに？　なん……なんなんです？　いきなり」

すでに太陽は真上あたりまで昇っているが、そのトゲのある声に、もしかして彼は今までずっと寝ていたのかもしれないと感じた。近衛騎士に無理やり起こされて、引っ張ってこられたのだろうか。私がそんなことを考えていると、アリアス殿下が笑った。ゾッとするような、恐ろしい笑みだった。

「やぁ。突然すまないね、ユースケ殿。あなたにもご同行してもらう」

「なんなんですか……なんなんですか？　いきなり。なんの権限があって急に――」

「セリザワ・ユースケ。お前にもルイビス伯爵同様、令嬢誘拐の件に関しての嫌疑がかかっている。おとなしくついてきてもらえないかな」

ユースケの声にかぶせるようにアリアス殿下は言った。彼が首を傾け、さらりとした白金の髪がその頬をなでる。深い青空のような瞳は真っすぐにユースケを見据えていた。

ユースケはその言葉に戸惑ったような、焦るような顔をルイビス伯爵に向けた。

「し、知らない！　そもそも、どうして我々が……！　そうです、これは罠《わな》なんです！　そもそも証拠は⁉　証拠なんて、ないのでしょう‼」

ほえるようにルイビス伯爵が騒ぎ立てた。周りは近衛騎士に囲まれていて、逃げ場はない。ルイビス伯爵の悲鳴にも近い声に、アリアス殿下はうっそりとした笑みを浮かべながら答えた。

「それならある。事件に関わった令嬢のひとりが、証言してくれた」

――証言？

だけど、私はそれに疑問を覚えた。事件に関わった令嬢はみな、例外なく記憶を失っている。証言などできるのだろうか。私がそう思ったのと同じように、ユースケもまたそう考えたのだろう。彼はせせら笑うように上ずった声を出した。

「そんなの嘘に決まってますよ、令嬢は記憶がないというじゃないですか？」

その言葉に、またしてもアリアス殿下は微笑む。優しい、やわらかな笑みだった。

「そうか――。そうかもね。だけど、それはありえないんだ。彼女が本当だと、思い込んでるならまだしも」

「はぁ……？」

「彼女は……ガーネリア・ロフィックスはね。家名に誓ったんだ。そして、この国にもね。洗礼の間で口上を述べたのだから、それは嘘ではない」

洗礼の間――。

それは、リヴァーロンにわずかしか存在していないという、厳格な儀式。私でも知っている場所だ。そこで誓った言葉は違えてはならない。真実の言葉のみを紡がねばならない。そこで綴った言葉は魔導書に記録され、未来永劫禁書室にて保管される。

もっと言えば、洗礼の間に連れてこられるというのはすなわち、それだけ重大性のある証言ということになる。

もし、万が一。洗礼の間で嘘をつけば本人の命はもちろん、その家系の者すべての命が絶たれるという凄惨な結末が待っている。

ただ、たとえ嘘をついたとしても、それを信じ続けさせられたなら、いつしかそれが真実となる。だけど、もし。抜かりがあったり軽々しく嘘をついたりした場合、当事者は血を吐くよりひどい目を見ることになる。

それが、洗礼の間だ。

ガーネリアはそこで、証言したという。だけど、なにを――。

まさかルイビス伯爵もガーネリアがそこまですとは思わなかったのだろう。

アリアス殿下は余裕を失わない声色で続けた。

「ガーネリアは、こう証言した。自分をさらったのは異世界からの渡り人、ユースケであり、それを手助けしたのはルイビス伯爵だと。……記憶が戻ったらしいね、彼女は」

「うっ……嘘だ嘘だ嘘だ！　その娘は、嘘をついている‼」

ルイビス伯爵が血を吐くような悲鳴をあげている。ユースケにはイマイチその重大性が伝わっていないのか、苛立たしげにアリアス殿下を見ているだけだった。

アリアス殿下はふわりとその髪をわずかに揺らして笑みを浮かべながらも、言葉を続けた。

「そうだね。そうかもしれない。だけど……ガーネリアはそう発言するにあたり、多大なリスクを負っている。洗礼の間のことは、お前も知っているだろう」

「ぐっ……」

「ガーネリアの言葉を否定したのなら、貴殿もまた、洗礼の間でそれ相応の証拠を見せねばならない。わかるね？」

アリアス殿下の言葉は実に優しく、やわらかく響いた。

ルイビス伯爵は地団駄を踏みかねない勢いで、歯を噛んでいた。必死の形相で、怒りにも似た思いをのみ下しているのがわかる。それを見ながら、ユースケがぽつりと、場違いにもほどがあるのんびりとした声を出した。

「ああ。なんだ、失敗しちゃったんだね」

その瞬間、ぐわりと空間が乱れた。

頭が痛む。鈍痛が響き、キィン、とした高音が脳内を支配した。

「なにが失敗だったんだろう？　やっぱりあれのせいかな？」

その中で、唯一ユースケだけはのんびりとした、変わらぬ声を出している。

空間がゆがむような幻影を前に、私は思わず呼吸を乱した。頭がぐわんぐわんする。

なにが起きてるの。どうすれば。なにが。混乱して思考がまとまらない。

そんな中、アリアス殿下がただ、私の手をそっと握った。驚いてそちらを見ると、アリアス殿下は不敵に微笑んで、彼を見ていた。

「ユースケ殿。きみはなにをしようと?」

アリアス殿下のその余裕を崩さない態度に、ユースケはわずかに心を乱したようだった。ルイビス伯爵はすでに悲鳴をあげて床に転がっている。周りの騎士も悲鳴こそあげていないものの、警戒態勢に入っているようだった。

それはまさに、一触即発の状態。

ユースケはアリアス殿下に手を握られている私を見て、吐き捨てるように言った。

「最後だから教えてあげるよ。そこの女を消しに行くんだ」

「……!?」

私は思わず息をのんだ。びくりと体がはねて、その手を、アリアス殿下が握ってくれている。アリアス殿下はユースケの発言を予測していたのか、その表情を崩さない。

どういうこと? いったいなにが……。なぜ……。

そもそも、『消しに行く』とはいったい、どういうこと? 私を、消しに行く……? もしや、過去に戻って私を〝消しに行く〟ということだろうか。

そう思った時、さらに空間の揺れが激しくなった。足もとが乱れ、思わず私はよろけた。しかしアリアス殿下がさっと私の腰を支えながら、ささやいた。

「ルーナ。落ち着いて。きみなら大丈夫だ」

「どういう……どういうこと、なんですか……‼」

悲痛にまみれた声で私はアリアス殿下に尋ねる。するとアリアス殿下はちらりと私を見て、落ち着かせるように優しく背をなでてくれた。

時間がないのは、なんとなく直感でわかった。アリアス殿下は私を見ずに、ただ優しい声音で言うだけだ。

「きみには今があるんだから、大丈夫。きみは間違えない」

「は……？」

「過去のきみを、救ってきて。そして僕に会ってきて」

「なに、を……」

アリアス殿下がつぶやき、それと同時にユースケが何事か叫んだ。それはこの国の言語ではなさそうだった。聞き取れない異国語を話しながら、ユースケの周りに魔法陣が展開されていく。

そこでようやく私は、アリアス殿下の言葉とユースケの言葉がつながった気がした。魔法陣の形態から察するに、あれは回帰。

――過去への、回帰……‼

ユースケは、過去に戻ろうとしている。戻って、そして――。

『最後だから教えてあげるよ。そこの女を消しに行くんだ』

私を殺そうとしている……‼

私は咄嗟に、弾かれたようにその魔法陣に向かっていった。ユースケの力は未知数だ。だけど、呪いに縛られたガーネリアの拘束を、私は解くことができた。

私はこの世界唯一の聖女である。

もし、仮に——愛し子であるユースケに対抗できるとしたら、私以外いない。自分の力を過信しすぎだろうか。自惚れすぎだろうか。だけど、それにすがるしかない。今、この時において私は行動しないと、きっと死ぬことになる。

それに——。

『きみには今があるんだから、大丈夫。きみは間違えない』

アリアス殿下のその言葉。その言葉を信じるのなら、これが正しい選択のはず。

万が一過去の私が殺されるようなことになれば。過去の人生を閉ざされた後、今ここにいる自分はどうなるのか。私にはわからない。

だけど今、唯一わかるのは、過去の私を救える可能性を持つのは私だということだけ。

私には彼を止められるかもしれない。それならば。やらない手はなかった。これは賭けだ。

生きるか死ぬか、の賭け……‼

私が魔法陣に飛び込むのとほぼ同時に。世界は真っ白に塗りつぶされた——。

第三章

過去への回帰

気がつくと、そこは見知った場所だった。

――セイフェルーンの王城……。

私は例の庭園にほど近い、回廊の上に立っていた。覚えのある光景、覚えのあるにおい……。思わず息をのんであたりを見渡す。どうやら、まだ爆破は起きていないようだ。そもそも今日は何日なのか？　私はやはり、飛ばされてしまったのか。ユースケはどこ？　いろんな考えが錯綜して、まとまらない。

まずはどう動くべきか。早いところユースケを見つけないと、過去の私が殺されてしまう。ただ、私は時空を越えてここに戻ってきているのだから、万が一、過去の自分に会ってしまえば、その先の辻褄が合わなくなってしまう。

今、私がいるのは少し前まで私がいた場所だ。あの時のことを思い出してみたが、自分と似た人――いや、そっくりな人間に会ったという記憶はない。だから、会ってはいけないのだ。会えば、きっとすべてが狂う。

そんな警戒心を抱きつつも、きっと自分に会わずに済むと確信している。なぜなら、私は無事にセイフェルーンの王城を抜け出せたのだから。もうひとりの自分に出会うことはなかったということになる。

そんなことを考えていると、ふと前方から声が聞こえてきた。私は回廊の端に寄って姿を隠す。状況がわからない以上、下手に動き回るのは危険だ。

現れたのは、近衛騎士のようだった。セイフェルーンの軍服に身を包みながらも、男性ふたりで何事か話している。話し声はだんだん近くなってきた。

「たしか、ミレルダ嬢とマクシミリアン殿下の婚約破棄はこの後だっけか？」

「妹が聖女様であることを利用して、聖女様の慕う方をとるなんて、貴族も汚いよな」

「聖女様は結婚できないからな。でもまあ、真実の愛を前にそんな無粋な法は取り去ると殿下は息巻いておられた。きっとふたりは結ばれるよ」

「ははは。そうだといいなぁ！」

気のいいふたりはそんなことを話しながら、回廊の向こうに消えた。その会話を聞きながら、私はじわじわと湧き上がる怒りを覚えていた。ミレーヌが聖女であることを利用して、私がマクシミリアン殿下に近づいた？　冗談じゃない。

なんでそんな嘘が流れているかはわかっているが、それを受け入れられるかといわれると話は別だった。

聖女が結婚できないのは、ただの決まりだ。聖女に処女性は必須ではなく、ただそちらの方が外聞がいいためそうなっている。それはそうだろう。どんなに崇《あが》めたてまつられている存在でも色狂いで男にだらしないとなれば、その信仰心は薄れる。だからこそ、古くから守護の女神と語り継がれてきた伝説の聖女――アリアもまた、処女でその生涯を終えたのだろう。本当のところはわからないけれど。

私はそんなことを思いながら、騎士たちが去っていった方向を見た。そして、ふと、ドレスのポケットに違和感があるのを知る。

――ポケット?

そこで、思い出した。ここに来る前に――ルイビス伯爵邸に向かう前に、馬車でアリアス殿下に渡されたものだ。私はそれを取り出した。手のひらサイズよりも小さな巾着だ。私はふと、アリアス殿下の言葉を思い出した。

『ああ、まだ開けないでね。それはお守りだから』

『念のためだよ。持っていて損にはならない』

それらの言葉を思い出して、私はまず自分のやるべきことを見つけた。となれば、取る行動はひとつである。

私は巾着の中身を迷わず開けた。中に入っているものはたったふたつだけだった。ひとつは、指輪。前に一度だけ、この指輪を見たことがあった。私はぐ、とそれを握りしめてあたりを見渡す。

近衛騎士と思われる男たちの会話から察するに、どうやらここは、まだ私がマクシミリアン殿下と婚約破棄をする前の世界らしい。

私はドレスを揺らしながら庭園とは真逆の方向に足早に歩き始めた。たしか、アリアス殿下の馬車が止まっていたのは――裏庭を出た、人けのない回廊を進んだところだった。裏手の、勝手口のすぐそばに横づけされていたのである。

私がそこに向かうと、やはりというべきだろうか。白金色の髪が見えた。鈍色の中でも差し込む太陽の光に照らされ、アリアス殿下は馬車から降りてきたところだった。

——間に合った……！

私は内心安堵して、そしてアリアス殿下の前に姿を現した。今日のドレスを手配してくれたのは、アリアス殿下なのだろうか。フリルやパレオが少なく、身動きが取りやすい。恐らく、アリアス殿下が指示して手配してくれたのだと思う。

私はアリアス殿下の前に姿を現すと、にっこりと笑った。不思議な気持ちだった。

それと同時に、妙な高揚感を覚える。自分の、過去の自分の命の危機に直面して防衛本能が疼《うず》いているのかもしれない。

少しでも選択肢を間違えれば確実に私は死ぬ。

「はじめまして、リヴァーロンの王太子殿下」

私が声をかけると、アリアス殿下は驚いた顔をした。

アリアス殿下の甘く笑んだ顔を見慣れている私は内心意外に思いながら、彼を見つめた。アリアス殿下はじっと私を見た後に、やがて口を開いた。

「僕がここに来ることは秘匿されていたはずなんだけどね。……それで、きみは誰かな」

アリアス殿下の隣にロバートはいなかった。先に危険がないか確認しに行っているのかもしれない。私はアリアス殿下を見ると、微笑みを浮かべた。

「私の名前はルーナ・タンブランです。未来からやって来ました」

そう言うと、アリアス殿下は実に間の抜けた顔した。は？　と顔に書かれている。

こんな妙なことを言う女とは初めて会ったに違いない。私ははやる気持ちを抑えて、できるだけ冷静に、この状況を理解してもらえるように努めて説明した。

「私は未来から来ました。あなたの恋人役を仰せつかっています」

「いや……いやいやいや。おもしろい冗談だね。なるほど、セイフェルーンには何度か来たことがあったけど、今こういった冗談が流行《はや》ってるとまでは知らなかったな」

間の抜けた表情に加えて冗談だという始末である。だけどアリアス殿下の瞳には警戒の色が強く滲んでいる。私はそれを見て、ようやく手に握っていたものを見せた。

それは――。

「これは……」

アリアス殿下が戸惑った声を出した。

それは、リヴァーロン王国の王太子の地位を示す指輪だった。細い縁には細やかにリヴァーロンの紋章が刻まれていて、その生成方法はリヴァーロン王国おかかえの魔法師と、そしてそれと連携を取っている職人しか知らない。

そして彼らもまた、完全な生成方法を知っているわけではない。職人が匠の技で指輪を作り上げ、そしてそれを魔法師に渡す。そして、魔法師はできあがった指輪に門外不出の特別な魔法回路を編み出して、それを指輪に流し込む。

つまり――リヴァーロン国王からの許可がない限り、この指輪は作り出せるはずがないのだ。

その、ひとつしかないはずの指輪が今はふたつある。そんな現状に、アリアス殿下はうろたえたようだった。

「これは、未来のあなたがくださったものです。きっと、今のあなたに話しても信じてもらえないからと、貸してくださったのでしょうね」

「………」

アリアス殿下は難しい顔をしていた。だけど私からその指輪を受け取ると、静かにそれを品定めし始めた。そして、やがて息を吐く。

「なるほど。どうやらこれは本物らしい。僕が持っているものとまったくの同じだ。傷をつけたところも同じ」

――私は気づかなかったが、どうやらアリアス殿下の指輪には傷がついていたらしい。

そして、切り替えの速さはさすが王太子と言うべきか。彼は真っすぐに私を見つめた。その瞳には先ほどまでの訝しさのようなものは浮かんでいなかった。

「それで？　僕はなにをすればいい」

「私を――ミレルダ・シェイランをこの国から逃がしてください」

まさか、あの時私をからめとった取引が、自分の口からもたらされたものだったなんて。なんだか不思議な気分になってくる。同時に、おもしろくもある。

私がそう言うと、アリアス殿下は難しい顔をした。そして、探るような声音で
「ミレルダ……？」

とつぶやいた。どうやら私の名前を知っているようでよかった。そう言うアリアス殿下に私はうなずいて答えた。

「本当の名前は、ミレルダ・シェイランといいます。今はあなたに名付けてもらったルーナと名乗っていますが――」

空はさらに灰色を重くしていっている。時間はあまりない。私ははやる気持ちを抑えて説明を続けた。

黙って話を聞いていたアリアス殿下は、やがて深いため息をついた。そして、踵を返そうとする私に声をかける。

「……ミレルダ、嬢って言ったかな。いや、ルーナ？　まあどちらでもいいか」

「なんですか？　あまり時間はありません」

早くしないと、過去の私が殺されてしまう。ユースケがどんな力を持っているかはわからないが、たとえそれが微力なものだったとしても、突然襲いかかられたら私だってどうなるかわからない。それに、過去を変えてはいけない。それがどのような影響を与えるのか、私は知らない。

「きみは、レオンハルトとどうなった？」

その言葉で、私はすべての糸がつながった気がした。

レオンハルト殿下とどうなったか。つまりそれは、私と――ミレルダ・シェイランとレオンハルト殿下が、この時すでに出会っていたということ？　私にはそんな覚えはない。でも、仮にそうだとして――アリアス殿下は、ミレルダ・シェイランとレオンハルト殿下がどうにかなるかもしれない、いや、なっているかもしれないと予想したわけだ。勝手にレオンハルト殿下の心情を推測して、勝手にお膳立てして。私だって子供じゃない。アリアス殿下が私とレオンハルト殿下を恋人にしようと立ち回っていた理由が今わかった。それと同時に、素直に腹が立った。この、完璧に見えて、ただそれを装っているだけで、不器用で空回りしている王太子様に。

すべて見通しているような顔をして、すべて自分で差配しておいて。この人は大切なことになにも気づいていないのだから。

私も、レオンハルト殿下も、そんなこと望んでいないのに。勝手に願って、勝手に贖罪として押しつけて——この人はなんて不器用で、そして不自由な心をしているのだろう。私はぐ、と足を止めて、アリアス殿下と向かい合った。彼はどこか不安そうな顔をしていた。

「レオンハルト殿下とのことなら——すべて聞きました。それを聞いた上で、私は言います」

「………………」

アリアス殿下はわずかに目を細めた。少し険しい顔をしている。私はそれにはかまわず、アリアス殿下に言い捨てた。

「あなたのそれは、ただの独りよがりです」

アリアス殿下がレオンハルト殿下のために、よかれとしていることはただの独りよがりだ。

アリアス殿下が息をのむ。ああ、時間がない。急がなければならないのに。だけど、これだけは言わなければならない。これでは誰も報われない。アリアス殿下も、レオンハルト殿下も。レオンハルト殿下は苦しんでいる。アリアス殿下のその、いらぬお節介を押しつけられて、苦しんでいるのだ。そしてアリアス殿下もまた、長い呪縛に苦しんでいる。

「お節介です。自己中です。誰も頼んでいません。あなたは自分を救おうとして——そして誰よりも苦しんでいる」

「な、にを……」

アリアス殿下が乾いた声をこぼす。私はそれを聞きながらも、アリアス殿下に最後にこう告げた。

あの日。夜会の日に言われた言葉を思い出す。きっと、そう。誰よりも救いを求めていたのは——。

「助けを望んでいるのは、誰よりもあなたなんじゃないですか？」

「きみ、は……」

アリアス殿下が呆然としているのを横目に、私は身を翻した。

本当に時間がない！　急がなければ！

過去の私はアリアス殿下がなんとかしてくれるだろう。私が今すべきことは、ユースケを見つけて彼を止めること。

私は回廊を走った。そして、もう少しで庭園、というところで黒髪の男を見つけた。

——彼だ‼

私は急いでそちらに向かった。そして、先手必勝とばかりに魔法を連発させる。

「拘束《バインド》‼」

光が走り、閃光《せんこう》のようなきらめきがあたりに散る。私があと少しで彼をとらえる、という時、彼は事態に気がついたようだった。小さく舌打ちをこぼして、私はまたしても魔法を展開した。

「光縄《ラピュート》！」

文字通り光を編み込んだような複雑な縄が、幾重にもなって彼に襲いかかる。彼も彼で、何事かつぶやきながら魔法を展開しているようだった。私の魔法が、根元から崩される。まるで砂のようにそれが崩れていく。

やはり……！

やはり、あれは魔法ではない。根元から違う、なにか、だ……！　私が息をのむと、ユースケは苛立たしげにこちらを向いた。

急がないと。急がなければ。

幸いこちら側の回廊は、ミレルダだった私は逃げる時に使わなかった。

つまり、ここでユースケを食い止めれば問題はない。後はアリアス殿下がいいようにしてくれるだろう。私の記憶にあるように。

「お前！　こんな所まで追ってきたのか⁉」

ユースケがここにきて声を荒らげた。私はそれを聞きながら眉をひそめる。隙をうかがいながら、いつでも魔法を出せるように魔法陣を脳内で描き始めた。

「あなたの望みはなに。私を殺して、どうするっていうの」

聞くと、ユースケはぽかんとした顔をした。そして、くっくっ、と笑い始めた彼は、やがて高らかな爆笑を飛ばした。

「あははは！　どうするって⁉　そんなの簡単だ！　お前さえいなければ、すべてうまくいった！　だからお前を消す！　そうすれば、俺は成功する‼」

単純な思考回路だった。

失敗したから、その要因を取り除く。それだけのこと。それに付随する未来や、影響はいっさい考えていない。私は内心ゾッとするような背筋の冷たさを覚えていたが、拳を握ってこらえた。

「お前の計画とはなに！　お前はなにがしたいというの‼」

聞くと、ユースケはひとしきり笑った後に答えた。笑い疲れたようだ。

「そんなの、決まってんじゃん！　異世界だよ？　チートだよ？　そんなの……やることと言ったらひとつだろ‼」

「……⁉」

言っていることがなにひとつわからない。支離滅裂な単語を聞きながらも、ユースケは声高に叫んだ。

「ハーレムに決まってるだろ‼」

「は……⁉」

今度こそ、よくわからなかった。そもそもハーレムとはなんなのか。それが目的なのか。そのためにこの呪いを展開させているのか。ガーネリアにアリアス殿下を襲わせたのはなぜなのか――。

そんなことを考えていて、反応が遅れた。あちこちから爆破音が響き始めたのである。

――始まった……‼

私の仕掛けた魔法が作動し始めたようである。思わず歯噛みすると、ユースケはそれが私の仕組んだことだと勘違いしたらしい。いや、ある意味あたってはいるのだけど。今の私がしたことではない。だけど、勘違いしてくれたのなら都合がいい。このままたたみかけてしまおう。

そこで、私はふと思い出した。

そうだ、爆破魔法が作動していたとはいえ、私が逃げる時、人が少なく警護が手薄すぎた。こんなのでこの国は大丈夫なのかと思ったけれど——でも違った。あれは、私が、陽動を起こしていたからだ。

ここにきて、私は巾着に入っていたもうひとつのアイテムの使い道に気がついた。

私は手早く巾着からそれを取り出すと、ユースケの顔にかぶせた。それは、ベールだった。黒の、薄布で作られたベール。

私がそれをかぶせると、ユースケは訝しんだように叫び声をあげた。

「なんだ!? なにをするつもりなんだ! この、悪女め!!」

悪女と来たか。そういえばマクシミリアン殿下にも婚約破棄の時、そんなことを言われたな、と思い出す。つくづく私という女はそういう星回りの下に生まれているとしか思えない。

私は内心笑みを噛み殺しながら、あの時の通り陽動を起こすことにした。

「第二詠唱 炎烈《エレット》」

通常魔法よりもすさまじい爆破魔法である。なるほど、王城を出る時——回廊を歩いている時に聞いたあの爆破音は、あの時の私がしかけたものではなくて。今の私が放ったものだったのか。どうりで威力が強かったはずだ。

『ちょっ……あの……！』

『いいから、来て。あの場ではゆっくりと話せない。裏に馬車を止めているから、そこで』

たしか、そんな会話の直前にも爆発が起きて――つまり。

そうか。今、この時において私はアリアス殿下とその会話を繰り広げているのだ。さほど離れていない、向こう側の回廊で。

私が薄く笑みを浮かべたのを見て、ユースケがなにかほえ立てる。そして、茨《いばら》のような黒い衝撃が私に向かって放たれる。先ほどの陽動のおかげで、多くの衛兵たちが回廊に集まってきていた。

「防壁《シールド》」

私が唱えると、すぐさま目の前に透明な膜が現れる。茨のような黒い衝撃が防壁に突き刺さり、相殺されるように互いが消し飛んだ。

――互角。

実力は、互いに同じほどだった。まさか、聖女とされた私と同じ程度の力を持った人がいるなんて……。そこで思い出す。そうだ、ユースケという男は愛し子と呼ばれる人間なのだ、と――。

ユースケは周りに人が集まってきたことと、近衛騎士がぞくぞくと集まりだしてきたことに気がついたのだろう。事態に気がついて彼は舌打ちをした。

「くそっ……これじゃあ無理だ‼」

そしてユースケはまたしても言語の違う言葉を口にした。ぽわりと彼の足もとが白くなる。

——また転移する気だ‼

私はすぐに彼と距離を詰め、駆け寄った。距離が遠いため逃げられるかと思ったが、ギリギリ間に合ったようだ。ユースケの足もとが白く渦巻きそれに私も踏み入れた。周りがかすむ。その時、ふと回廊の向こうに黒髪の青年を見た。

——マクシミリアン殿下だ‼

そこで私はまたしても思い出す。そうだ、マクシミリアン殿下は不思議なことを言っていなかっただろうか。たしか——そう。

『違う！　違う、これは誤解なんだ。ミレルダは……聖女は！　突然消えたんだ‼　それにこれは……これはちょっとした行き違いで——そんな事実はない‼』

その時は、〝行き違い〟に意識が向いてしまっていて、なにを言ってるんだこいつは、としか思わなかった。

だけど、もしかしてこれのことを言っていたのか。そうか。なるほどね。

マクシミリアン殿下からしたら、どう見てもここにいる私がミレルダであり、聖女である。だから私が突然消えたものだと思ってもおかしくない。そんなことを考えているうちにまた、空間がゆがむような感覚に陥った。ぐわりと足もとがぶれる。そして——。

目を開けた時には、また違う場所だった。あたりは暗い。窓から見える外の様子はすでに夜の帳《とばり》が降りているようだった。そこで、私は気づく。

ここは——。

レーヴェルア会場跡地……！　つい先日見た時と同様にがらんどうで、中にはなにもなかった。つまり、すでにここは綺麗に掃除された会場跡の状態、ということ——。

なぜここに飛ばされたのか。そして今はいつなのか。そんなことを考えていると、不意に目の前の男が顔を上げた——ユースケだ。

近い。まずい。この距離でまともに魔法を受ければ、私とてただでは済まない。

防壁魔法《シールド》が間に合うかどうか——そう思った時、またしても奇妙な違和感を覚える。いや、違う……？

気味の悪さに肌が粟立《あわだ》った。前と同じだ。前に、レオンハルト殿下とここに来た時も同じだった。気味の悪い、肌がざわざわとする感覚。頭が痛み、息苦しく、吐き気すらする。

目の前のユースケは、うつむいたままぼりぼりと無造作に髪をかきむしった。そして、ぎょろりとした目を私に向ける。思わず私は息をのむ。

「わかる？　ここではな……魔法がいっさい使えないんだよ……‼」

かすれた声で、叫ぶようにユースケが言う。

それを聞いて、納得する。なるほど……。だから。だから、こんなに気味が悪いのか。私の魔力は非常に強い。だからこそ聖女と呼ばれているわけだけど——。

そんな私にとって、息をすることと、魔力を放つことはほぼ同義と言ってもいい。その片方を止められたのだから、息苦しくもなる。どちらにしてもこの展開はまずい、と感じていた。

私はとくに腕に覚えがあるわけではない。魔力に頼りきりで、むしろ格闘技は苦手だ。ユースケもまた、見るからに体術は不得手そうに見える。取っ組み合いになったとしたら、負けるかもしれないが、ほぼ互角の戦いになる気がする。それくらいにユースケはひょろく、細長い。筋肉などなさそうだ。

ユースケは不意に、ポケットからなにかを取り出した。見れば——。

「……‼」

それはナイフのようだった。彼は取っ組み合いをするより、ナイフでの決着を選んだようだった。

まずい、まずい、まずいまずい……‼　どうする？　どうすれば⁉　このままでは遅かれ早かれ私は死ぬ。ナイフを持った男相手に勝てるとは思えない。

私はじりじりと後ずさった。ここで魔法は使えないならば、使える場所まで戻ってしまえばいい。私はさりげなく後方の距離を確認するが、入り口までは、なかなか遠い。

私は時間稼ぎをするために口を開いた。

「魔法が使えない？　なぜ？」

「知りたいか？　教えてやる。もうお前も死にゆく運命だからなぁ。これは最後の慈悲だ」

どうやらユースケは自分が神にでもなったかのように思っているらしい。自分に酔いしれた様子で彼は話しだす。少しずつ、少しずつ、彼に気づかれないように距離を取る。

「これはな……祝福《ギフト》なんだ‼　女神からの祝福《ギフト》‼　これは、俺の能力なんだよ‼　わかるか⁉」

「ギフト……？」

聞いたことがない。私は訝しんで言いながら、さらに足を引いた。興奮した様子のユースケは気づかない。それどころか、ご丁寧に解説すらしてくれる。

あと少し。あと少しだ。あと少しだけ、うしろに下がれれば――。

「神からもらった祝福《ギフト》！　これがあれば俺はなんでもできるし、この世界の覇者にもなれる！　俺は神なんだ！　神なんだよ、俺は！」

「……そう」

狂ってる。そうとしか言えない。そして、こんな男にギフトとやらを授けた神とは、なんなのだろうか。そのものの気が知れなかった。そう思った時、ようやく逃げきれるまでの距離にたどり着いた。

私が足に力を込めたと同時に、ユースケは私がジリジリと逃げていたことにようやく気がついたようだった。もう遅いのよ……！

「あ⁉　クソ、お前、待て‼」

「待つわけないでしょ‼」

くるりと体の向きを変えると、そのまま駆け出した――その時だった。

――バンッ！

耳が痛むような破裂音が響く。地響きのような、耳のすぐそばで破裂するような、そんな重たい音だ。この音は、もしかして――。魔法文明が発達してから滅多に使われなくなった飛び道具を思い出す。

私はそれを脳裏に浮かべながら、思わず足を止めた。そして、振り返ってしまう。

銃声――。

今のは、その音だ。そして、撃たれたのは私ではなかった。

「ア……？　あ……？　あ、れ、なん……で……」

撃たれたのは、神の愛し子、ユースケだった。

ユースケは訳がわからないという顔をして、その場に崩れ落ちた。カツ、カツと足音がして、ユースケのうしろから人が現れる。私はそれを見て、息をのむことしかできなかった。

「あなたは……」

「あーあー。とんだ役立たずでしたね。脳みそなんて、こんだけしかないんだろうなぁ」

間延びした、この血まみれた空間には似合わない声を出して――男は、すでに息絶えているユースケの腕を掴んだ。ずるり、と血の海に溺れた彼から音がした。

「な、なん……なぜ……」

私は震えながら言う。信じられない。

『役立たずでしたね』

？　それはつまり、ロバートがユースケを利用していたとでもいうような……。私は思わず喉をひくつかせた。

ロバートがユースケを利用していた。ユースケがなにをしていたのか知っていて、ロバートは彼を利用していた。それって、それって、つまり。

ロバートは、私たちを……いや、アリアス殿下を裏切っていた……⁉

彼は、彼だけは味方だと思っていた。だって、まったくそんなそぶりがなかった。なのに——今の彼は、どう見ても。

「どういう、つもり……なんですか⁉　ロバート‼」

ロバート、その人だった。

アリアス殿下の剣士であり、彼の護衛を任されている男。黒髪の短髪男は、私の悲鳴にこちらを見た。じっとした黒玉の瞳はいつもと変わりがなくて——よりそれが、恐ろしい。私はもはや、どうすればいいのかわからなかった。ただひとつ、確実なことはユースケはロバートの手によって殺された、ということだけ。

「教えてほしいですか？」

「あ……あ……ァ」

意味のない声が暗く淀んだ広間に響く。ロバートはつまらなそうに私を見てから、視線をはずした。そしてめんどくさそうなため息を落として——おもむろに、剣を引き抜いた。きぃん、とした剣戟《けんげき》の音がする。私は息をのむ。

殺す気なのか。私を。

体が硬直する。しかし、ロバートは私を殺さずに、その剣の先を——ユースケの胸に向けた。そして、ズプッとその先を押し込んで、彼はなにかを始めた。

「え……ぁ……？」

「まだ使えるかもしれませんし。心臓だけは取っておかないと」

「……いや、あなた……」

あなた、頭おかしいわ……。

思わず、そんな言葉が出そうになった。それから、ロバートは慎重な手つきで、ユースケの胸をえぐった。そして中からなにかを取り出す。血まみれで、真っ赤で、なにかわからない。わからないけれど、それは——。

「うっ……‼」

思わず吐きそうになった。それは、きっとユースケの心臓なのだろう。気持ち悪い。吐き気がする。ロバートはその手にしっかりと血塗られた肉塊を持つと、べちゃっとそれを床に投げ捨てた。

思わず口を押さえる。血のにおいがひどい。

いつの日か、ここは血にまみれたことがあるらしい。それをどうしてか、今のタイミングで思い出した。

私はふらついた足をなんとかして止めた。こんなところで嘆いても、悲鳴をあげても意味がない。逃げなければ。動かなければ。座り込むなんてありえない。

私はそう思いながら、ようやく足を一歩動かした。心臓を投げ捨てたロバートはじっと私を見ると、目にもとまらぬ速さで、動きだした。

——しまっ……‼

ふらつく足は言うことを聞かない。

逃げないと。逃げなければならないのに。だけど今さっき人を殺し、その人の中から心臓をえぐり出した男が、いつも困ったように笑う彼と重ならなくて、信じられなくて、足は動かない。

固まった私が見たのは、なにかに飢えるように見開いた黒玉の瞳だった。

——刺される……‼

もう、わずかな距離しかない。

痛みと衝撃を覚悟して、私はぐっと奥歯を噛んだ。その時だった。

突然、強い力で腰を引かれ、私は抗う間もなくそちらに倒れ込んだ。それと同時に、ドッとなにかがぶつかる音がした。

「っ……‼」

悲鳴を押し殺したような声が漏れ出る。

私はなにかに包み込まれながらも、すぐに顔を上げた。

そして、息をのむ。どうして。なんで。もう、意味がわからない——。

「アリアス……アリアス、殿下……」

「よか、った……。間に合ったか」

アリアス殿下はそう告げたが、私は目の前に伸びる刃に目を奪われた。アリアス殿下は剣を素手で掴みながらも、その先をずっぷり腹に埋めていた。私を抱き寄せている方とは反対側の腹に。

目の前が真っ暗になった。

——アリアス殿下が、刺された……‼

なぜ。どうして。なんで……⁉

滴る血を前にそんなチープなセリフしか出てこない。だけどそんな中でも、早く止血しなければ、という思いが湧き出た。

「アリアス殿下‼　血がっ……！」

悲鳴のような声をあげて、私はアリアス殿下の胸にすがった。しかしアリアス殿下は私を一瞬見て、薄く微笑んだだけだった。その笑みはいつものそれではあったけど、今は少し違う。無理して笑っているのがわかる、痛ましいものだった。

アリアス殿下は握っていた剣先から手を離すと、己の腰に下がっているものを抜き、そして一閃。横に払われた剣先がロバートの胸を深くえぐる。血がばしゃりとあちこちに飛び散る。私は頭からその血しぶきを受けながらも、ふたりを見た。

ロバートは舌打ちをして大きく距離を取る。

「チッ……なんであんたがいるんですか？」

「これがすべてだと思わないか、ロバート」

「やっぱり、俺の計画はあんたにすべて漏れていたんですね」

――と、ロバートは苛立たしげにつぶやいた。そして、上着をめくると、ズボンに縫いつけていた暗器が。そのナイフを手に、こちらを見据えた。

「お前のことは怪しいとは思っていたんだ。そしてお前が、秘密裏に毒を入手していたことも知っていた」

——毒⁉

思わず私が驚くと、ロバートはうっすら笑った。いつも困ったような笑みを浮かべているところしか見ていなかったから、それは背筋が震えるほどに違和感があって、気味が悪かった。アリアス殿下は私をしっかりと抱きとめながらも、ロバートに言う。

「お前、グレイス・デスフォワードに毒を盛っていたな」

「は、はは、ははは‼　そうか。そうかぁ……そこまで知られていたんだな」

ロバートはうなずくように言った。私はといえば、訳がわからなかった。

グレイス・デスフォワード。彼女は公爵令嬢で、そして、王太子妃の座に最も近かった娘だと聞いている。そんな彼女に、毒を盛っていた……？　なぜ……？　私が困惑していると、不意に、ロバートは笑って言った。

「ま、そういうことなんで。あんた——アリアス殿下さえいなければ、うまくいくんですよ。なので、死んで？」

そう言って、ロバートはナイフを投げてきた。アリアス殿下は私の腰を掴むと、すばやくうしろに飛んだ。それを見て、私はまた悲鳴をあげる。

アリアス殿下の傷は深い。かなり深くまで、剣先が入り込んでいた。もしかしたら貫通していたかもしれない。アリアス殿下は変わらず薄い笑みをのせていたが、その白い額には汗が滲んでいた。息も荒くなっている。まずい、このままじゃ——。

そう思った時、床に落ちたナイフを拾い上げ、アリアス殿下はそれを投擲《とうてき》した。それは弧を描き、吸い込まれるようにロバートの肩に刺さった。悲鳴があがる。

「うがぁっ……‼」

「ロバート。お前が、僕を恨んでいたのは知っていた」

どこか、息を荒くしながらもアリアス殿下は答えた。ロバートは肩に刺さったナイフを取ると、憎々しげにアリアス殿下を見た。早く、早く治療しないといけないのに。なにか。私にできることはないの……⁉

「お前がグレイス嬢を想っていたのは知っていたし、その剣の腕を誇っていたのも知っていた」

「……は、はは。それで？　それで、すべてうまくいかずに落ち込む男を、みっともないと笑っていたのですか。ひどいお方だ」

ロバートは嘲笑するように言った。それを聞いて、アリアス殿下は難しい顔を浮かべる。ここにきて、初めて彼は苦しそうな顔をした。

「悪いと思っていたよ」

「……はぁ⁉」

突然、ロバートが声を荒らげる。私は思わず身じろぎした。それを見て、落ち着かせるようにアリアス殿下は私の腰をなでた。

しかし、それより……。ロバートはグレイスを愛していた？　だけど、だったらなぜ、そんなことに――。

ここにきて、私ははっと思いあたった。

そうだ。グレイスはアリアス殿下の妃の第一候補だった。ロバートがグレイスを愛していたのなら、それは耐えられないほどの苦痛だったのだろう……。

だけど、それも仕方ないことなのではないだろうか。アリアス殿下の妃になることは、アリアス殿下の望みではないし、そもそも王族の結婚は当人たちの意思に関係なく決められるものだ。アリアス殿下が悪いとは思えない。

私がそう思った時、ロバートは小さくうめいた。どうやら傷が痛むらしい。その時、外がにわかに騒がしくなった。誰か騒ぎを聞き、駆けつけたのだろうか。

そう思っていると、その騒がしい声がロバートにも聞こえたのだろう。短く舌打ちを吐き捨てて、広間の向こうの方に消えていく。思わず私はそれに声をあげたが、アリアス殿下に止められた。

「かまわない」

「でも……！」

そう言った時、広間の向こうに消えたはずのロバートのうめき声が、こちらに聞こえてきた。

「うがぁッ……！」

ついで、ドッというなにかが崩れる、いや倒れた音。

はっとしてそちらを見ると、アリアス殿下同様、白金の髪を持った彼――レオンハルト殿下がそこにいた。涼しげな目もとの涙ボクロを見て、私の中にどっと安心感が押し寄せた。それと同時に、アリアス殿下も息を吐いたようだ。

「よかった。間に合ったね」

そしてもう一度、彼はそう告げた。

レオンハルト殿下がこちらを見て、そしてアリアス殿下を視認すると難しい顔をする。

レオンハルト殿下の足もとには、完全に気を失った様子のロバートが倒れ込んでいた。レオンハルト殿下はそれを見ることなく、こちらに向かってくる。

その時、アリアス殿下の体がずるりと落ちた。咄嗟にその体を支えるも、上背のある成人男性なので私ひとりでは無理だ。いくらアリアス殿下が線の細い体つきとはいえ、支えきれない。

そのまま崩れるようになりながらもアリアス殿下の肩を掴む。

「アリアス殿下!? 殿下!?」

「うっ……く。……くそ、これ……濁毒《じゃくどく》だ……」

かすれた声でそう言うのを聞いて、私はさっと顔が青ざめるのがわかった。濁毒――。それは、すさまじいまでの効力を発揮する劇薬だ。私は慌ててアリアス殿下を支えるが、その言葉を最後に、アリアス殿下は気を失ってしまった。

◇◇◇

妹は少し夢見がちで、いわゆるやべぇやつだった。電波系っていうのか？ とにかく頭が悪くて、そのくせ横暴で、人を見下すことに手慣れたやつだった。

『つまりさぁ、私は別世界で王妃になったわけ』

妹、セリザワ・カナが間延びした声でそんなことを言っていたのを思い出す。俺は、久しぶりに会った妹に悪感情しか抱かず、苦々しい思いをした。

引きこもりを続けて十年以上。引きこもる前は人並みだった筋肉も衰え、今の俺はひょろひょろの、いわゆる陰《いん》キャと呼ばれる類いの人間だった。ネットの世界では強いんだぞとかいきがってもリアルの人間とは目も合わせられない。それが悔しくて情けなくてよりネットの世界では過激的になる。

俺には妹と姉がいた。妹がこのカナ。姉は家を出たきり一度も会ってない。

俺は、久しぶりに自室を出て食料調達のためにリビングに行くと、そこに偶然いたカナと会ってしまったのだ。カナは会ったと同時に話し始めた。最初は『うわぁ、汚物が歩いてんじゃゃねぇよ』なんて暴言を吐いて。そして、唐突に夢見がちな発言をした。俺はカナが苦手だった。いや、嫌いだった。

俺が女を嫌いになった理由はカナにある。カナは昔から攻撃的な性格をしていて、自分より格下だと見るとすぐに態度を変える。俺は昔からカナにキモイだのきしょいだの言われ、人間不信にもなった。

両親は離婚していて母子家庭だったが、母はもう何年も連絡を取っていない。毎月父から金が振り込まれるだけだ。

父親が金持ちだったのが幸いしたのか、役職持ちだったのがよかったのか。俺たちは母子家庭でありながら生活に困ったことはなかった。

妹は俺をさんざん罵倒して、気を晴らす。俺はそれを黙って聞いてるだけ。だけどずっとイライラしていた。だから、転機が訪れたのだ。

夜中、昼間カナに言われた暴言が忘れられずに、むしゃくしゃしていた。腹が立って、著名人の悪口をあることないことさんざん書き込んだ揚げ句、それでもムカムカして適当なワードで検索をかけた。

【異世界 ハーレム つくり方】

それだけではそこらのラノベが出てしまったので、もっとワードをつけ加えていく。【真面目に】とか。【ガチで】とか。そんなワードだ。

そこから数時間。朝方になってようやくたどり着いたサイトは、あからさまに怪しい闇サイトで、それでも俺は好奇心に負けて軽い気持ちで書き込んだ。

【名前 セリザワ・ユースケ】

【能力 ハーレムをつくれる】

【外見 強そうでイケメン】

そこまで書き込んで、俺は馬鹿らしくなって、まだ未記入欄も多かったがそのまま投稿した。それだけの話だ。そして、次の日起きたら——異世界だったんだ。

俺は歓喜したね。あのデタラメなサイトはまじだったんだって。あの胡散臭い、でたらめなサイトは本物だったんだ‼

今度こそ、この異世界でこそ、俺はチートする。ハーレムつくって幸せになって、チヤホヤされるんだ。あんなクソな女なんかいない世界。俺を崇めたてまつる世界だ。

サイトの名前は忘れたが、どっかに【女神の祝福《ギフト》をあなたに】と書いてあった。それで、俺は女神様が俺の望みを叶えてくれたんだと思った。

『どうやって能力使うんだよ……』

つぶやきながらも適当に念を込めたり気合いを入れたりすると、不意にばちんと音がした。見れば目の前に言葉が踊っている。

【洗脳：ＬＶ99】

よくわかんないけど強そうな能力だと思った。そこからだ。そこから俺は、この力を使ってチートすることにした。だけどこの時の俺は無一文だし、金もなけりゃ服もねぇ。

街をぶらぶら歩いて、とりあえず目についたやつで能力を試してやろうと思った。

しかし異世界に迷い込んで数分。すぐに俺は人売りを生業《なりわい》にしてるであろうやつらに捕まってしまった。

目が覚めるとそこは謎のよくわかんねぇ場所で、俺は長年人と関わってこなかったせいでめちゃくちゃパニックになった。

『うわああああなんだよぉおおお‼　なんなんだよおおお！　お前‼』

『おい、こいつうるせぇぞ！』

牢屋みたいなとこに突っ込まれて、武装した兵が俺を怒鳴りつける。

怖くて怖くて、意味がわからなくて失禁してしまった。いざという時、洗脳の力は使えなくてなかなかうまくいかない。

人生を呪ったよ。ここまでかと思ったし、絶望もした。どうせ世界はくそなんだ。ならもう全部ぶっ壊れちまえばいい。そう思って、なにもかもがどうでもよくなってやけっぱちに叫んだ。

『ウァああああああああッッ‼』

その時。その時だ。

爆音がして会場ごとぶっ飛んだ。見れば爆破でも起きたのかよってレベルで会場は粉々だし、目の前の兵もボケッとした顔をしてる。俺はしばらくなにが起きたのかわかんなくて、気づいた時には兵士や知らねぇ人間たちが乱闘騒ぎを起こしていた。血しぶきが舞い、怒号が飛び交う。

ゾクゾクした。まるで迫力のあるＲＰＧをＶＲで見てる気分だった。そこらのやつらがみんな銃を持って、剣を持って猟奇的な殺し合いをしてる。興奮してきて息が荒くなって、目が血走った。楽しかった。人の殺し合いを見るのは、とんでもなく楽しかった。

そこで、伯爵と会ったんだ。あのクソ野郎、人身売買によく顔を出すらしくて、その日も買うつもりだったらしい。そこで俺に目をつけた伯爵が、投資を申し込んできた。

『きみの能力は素晴らしい。私がきみの後見人になろう。私の名前はガードナー・ルイビス。伯爵だ。……名も知らぬ青年よ、きみにありあまるくらいの金をやろう。だから私と、手を組まないか』

それは思ってもみない提案で、俺は愉悦に溺れながら答えた。上から目線のすんげぇ偉そうな態度だったに違いない。現実、俺はすごく楽しかったからな。

『いいよ、いくら出すんだ？　安いはした金じゃねぇよな！』

この時俺は思った。

この世界の主人公は俺なんだってな。


『洗脳』の力を使いこなせるようになってから、それを防がれたのは、この女が初めてだった。ルーナ・タンブラン。この女は俺の力を防ぎ、さらには伯爵から言われてやったことすら、つらつらと暴き立ててきやがった。伯爵は投資の引き換えに、俺の能力を使っての協力を願い出てきた。あのクソ伯爵の願いは王太子の暗殺だった。

王太子がどうのとか、すっげぇ異世界っぽさがあっていいじゃん。いや、俺が主人公の話なら王太子になるのは俺か？

とにかく、俺はすべてうまくいくと信じて疑わなかった。

だって、この世界の主人公は俺なんだから。女神からもらった「祝福《ギフト》」。これがあれば、俺は神にだってなれる。ああそうだよ。この世界の主人公は俺で、俺のためにある世界なんだ‼

目の前で警戒心をあらわに俺を睨みつける女。それが。それがあのくそ妹と重なる。気持ち悪くてイライラして吐き気がする。俺は吐き捨てた。

「神からもらったギフト！　これがあれば俺はなんでもできるし、この世界の覇者にもなれる！　俺は神なんだ！　神なんだよ、俺は！」

「……そう」

ルーナの気の強そうな瞳がとがめるように細くなる。くそっ、なんなんだ？　なんでこの女はこんな顔をする。まるで、そう。まるで――あの女《カナ》のようじゃないか‼

忌々しくて、腹が立つ。

だから俺はなにをしてでもこの女を殺すと。そう決めていたのに。なのに……。

「ア……？　あ……？　あ、れ、なん……で……」

響いた銃声――。

それに貫かれたのはくそ女じゃない。俺だった。振り向けば、伯爵家に何度となく足を運んでた男。黒髪で、短髪で、大柄な……。

なんで、なんだ……？　なんで……。

俺は真っ赤に染まった自分の手を見ながらつぶやいた。

「なんで……俺は、主人公じゃなかったのか……？」

俺はすべてが完璧で、無敵な、最強の主人公なんじゃ……。つぶやいた声は、しかしすぐに胸を焼くような痛みにかき消された。

どうして、どうして、どうして‼　どうして俺が、俺が死ぬんだよォオオオオ‼

叫びたいのに声は出ない。

最後に思い出したのは、妹の。クソなあの女の言葉だった。

『まじ、いきがっちゃってキモい』

きみが好きだよ

あれから、三日――。

あの後、近衛騎士と領地騎士がなだれ込んできて、ロバートは騎士渡しになった。ユースケは事が事だけに、秘密裏にその死体は処理されたと聞く。ユースケの罪状を詳《つまび》らかにするかどうかは、アリアス殿下が目覚めてから判断を仰ぐのだと、レオンハルト殿下が言っていた――。

いまだに、アリアス殿下は目覚めない。

すぐに私が治癒魔法をかけたことによって死ぬことは避けられたものの、あまりにも強い毒を直接撃ち込まれただけに、事はそう簡単には運ばなかった。

もともと聖女の力は繊細な使い方をするのに向いていない。小回りがききにくいのだ。

それでも必死で、わからないながらに力を使った。それがどう作用したのか。今となってはもうわからない。だけど結果アリアス殿下は一命を取りとめた。

奇跡みたいなものだと侍医が言っていた。

アリアス殿下に使用された毒は濁毒で間違いない。だけどその量は致死量をはるかに上回っていた。もしその場に私がいなければ確実にアリアス殿下は死んでいた――。

そう告げられて私が感じたのは、歓喜でも命を救ったことによる気持ちのいい優越感でも、そんなものではなかった。

ただ、申し訳ないと。ひどいことをしてしまったと。私はそう嘆いていた。

ロバートに刺されそうになった私をかばって、アリアス殿下は刺されたのだ。私がいなければ――違う、私がうまくロバートの剣をよけられていたら――なんてありもしない過去に思いをはせる。剣術はからきしダメな私にロバートの剣をよけるなんて絶対に無理な話だ。

アリアス殿下が刺された時の気持ち。それは複雑で、だけど胸を刺すような悲しみと痛みに私はひたすら黙るしかなかった。

アリアス殿下に打たれた濁毒は通常の治療じゃ除去するのは難しいという。量が法外すぎるのだ。通常濁毒の致死量は五〇～八〇ミリリットル。今回アリアス殿下に投与されたのは、三〇〇ミリリットルらしい。それはいくら毒に耐性あろうが人間の体では耐えきれないだろう。

一度の回復魔法では完全に癒えなかったアリアス殿下のもとに、一日三回。私は回復魔法をかけるために彼の寝室に向かっている。

最初は、どこの馬の骨とも知れない女が突然アリアス殿下の恋人として城に上がったのを誰もが敬遠していた。

まあ、馬の骨といっても、とりあえずロバートの遠縁ということで、令嬢の身分は用意されているようなのだけど。

それはそれとして、ぽっと出の女にいい感情など持てるはずがない。それはアリアス殿下が倒れてからもっと強く感じるようになった。

あからさまに絡まれれば、レオンハルト殿下が助けてくれることもあった。しかし、ただやられるだけで終わるはずがない。なんといっても私はもう我慢することはやめたのだ。高貴な令嬢に直接攻撃は悪手だ。

だからその代わり皮肉にも聞こえる美辞麗句を並び立てては、その場を後にしていた。

かわいげのない女相手に、みんなの感情がいい方向に向かうはずがない。私ももう少しおとなしくしているべきかと思ったが、今私がするべきことはアリアス殿下の治療であり、ほかにかかずらう暇はない。

それにもう、我慢はしないと決めた。以前の私であれば、ミレルダであればきっと耐えていた。おとなしい令嬢のように微笑むばかりで、下手な愛想笑いをつくってただ黙っていただろう。

しかしそれが迎える結末はただの嘲笑と、エスカレートしていくだけの嫌がらせで、根本的な解決にはならない。それなら、それなら私は戦う道を、自分を偽らない道を選ぶ。

アリアス殿下の治療を始めて三日。

毒が少しずつ抜けてきたことで、宮廷魔法師に礼を言われた。

「あなたは素晴らしい。まさかこんな力を秘めた魔法師がいるとは」

メガネをかけた、いかにも魔法師といった風貌の男が動揺したように言った。

彼はいまだに私を魔法師だと思っているらしい。それでいい。まだ聖女だという気になれない。それにセイフェルーン王国のこともある。まだ、まだいい。アリアス殿下の目が覚めたら、今後のことを考えればいい。だからどうか。

早く目が覚めてほしい。

「……そんなことはありません。私のは少し……魔法回路が違うような、ものですから」

「ふむ。それは珍しい。……なにはともあれ、アリアス殿下があなたを宮廷に連れてきた理由がわかったような気がしました」

「え？」

言うと、メガネの魔法師……名をヴィエリオというらしい。ヴィエリオはにっこりとその切れ長の瞳をやわらかくして微笑んだ。

「あなたは特別な力を持っています。そしてそれを……アリアス殿下に使ってくださっている。あなたのような伴侶を得られたこと。それはこのリヴァーロン王国にとっても、アリアス殿下にとってもこれ以上のない喜びなのでしょう。国防の一端を司る宮廷魔法師を代表してお礼申し上げます」

「……」

私は黙るしかなかった。そもそも恋人というのは契約上の仮の姿だし、力を使ったのだって当然のことだ。むしろここで使わなくていつ使う？

私が聖女として使った力は数えきれないほどあるけど、直近だとセイフェルーンの王城を爆破して以来だ。爆破聖女、なんて呼び名のままでいるのは嫌だし……と思ったところで、私は本当の理由を悟った。

理由なんていらないのだ。助けたい、とそう思った気持ちこそが本当なのだから。

私をかばってくれたアリアス殿下に、考える間もなく治療魔法を放っていた。それに理由なんてない。あるとすれば。

「……いやですわ。私は、当然のことをしたまでです」

愛する恋人を救う女、という役をしっかりとこなしただけ。

アリアス殿下が受けた剣に塗られていた濁毒。致死量を超えたその量の多さに、絶対に殺すという意志を強く感じた。

取り調べによると、ロバートはグレイスを愛していたらしい。それも深く、強く。それは愛というよりも執着、固執、といった方が正しいのではないかと思うほどだ。

ロバートは取り調べで心情を吐露した。

いわく、なにもかもをアリアス殿下に奪われてきた、と。初めて愛を知ったのに、その相手はいずれアリアス殿下の妃になる人だ。それを知った時、彼は絶望したらしい。だけど、それでも彼はアリアス殿下に敵意を抱かなかった。それはそうだ。なぜなら、アリアス殿下は王族であり、王太子なのだから。

グレイスと結婚することも、王族としての意思であり、アリアス殿下の意思ではない。

それを理解しているロバートは、剣に生きることにした。剣士として生きることを望んだのだ。

だけどそれすらも、あっさりとアリアス殿下の手によって砕かれたという。

くしくも、それは第二妃が処刑されてから間もない頃だったらしく、その頃からアリアス殿下は剣の腕をさらに磨き始めたらしい。それまではたしなむ程度だった剣技を、誰に襲われてもかまわないほどに、磨き、励んだらしい。恐らく、誰も傷つかせないために。自分を、そして周りを守るために、剣の腕も磨き始めたのだろう。

アリアス殿下は元来の能力と絶対的なセンスを持っていた。そして誰よりもアリアス殿下は努力家だった。

のちに開催された国内最大の剣術大会で、ロバートはアリアス殿下に負けてしまった。その時、ロバートは相当恨んだらしい。アリアス殿下を。

ただの逆恨みじゃないか、と私は思った。だけど、ロバートはそれを正しいことだと思っていたのだから、恐ろしい。狂った人間ほど恐ろしいものはない。

ヴィエリオと別れてアリアス殿下の治療とお見舞いに向かう。

あと少しで彼の寝室だと思ったその時、ふと、うしろから声をかけられた。

「ルーナ、今からアリアスのところ?」

レオンハルト殿下だった。

私は振り向いて、彼を見る。そうすると、彼は少しだけ表情を崩した。アリアス殿下がベッドに伏すようになってから、レオンハルト殿下は少しだが笑うようになった。いつも硬い表情だったが、今は少しだけ、その相好を崩す。アリアス殿下が伏せっていて、そしてさらに私がそれを気に病んでいることを知っているからだ。レオンハルト殿下は私に気を使って、こうしていつもより表情を和らげて、元気づけるためにやわらかい声をかけてくれている。彼の気遣いに励まされる。

私はレオンハルト殿下を見ると、少しだけ笑った。

「はい。レオンハルト殿下は?」

「俺か。俺はな……」

レオンハルト殿下は私の方に歩いてくると、どこか安心したような、肩の荷が下りたようなそんな顔をした。そして、息をするようにあっさりと彼は告げた。

「ルーナ。きみが好きだよ」

私は、息をのんだ。

だけど、わかっていた。レオンハルト殿下の気持ちは、知っていたのだ。私はそっと目をふせて、手にしていた土産を抱きしめた。

レオンハルト殿下は私を見ながら、優しい目つきで続けた。

「きみが、好きだ。……ずっと、きみだけを想っていた」

真摯な、愛の告白だ。

こんな優しい言葉を受けたのは初めてだった。こんなに、優しい声で。こんなに、やわらかい声音で。温かい声で、告げられたのは初めてだった。そのなにもかもがうれしい。私は、土産をおとさないように再度かかえなおして、顔を上げた。レオンハルト殿下は優しい顔をしていた。わかってはいたのに、じわりと涙が滲む。

——答えは、もう決まっていた。

◇◇◇

驚いた顔のルーナを見て、俺は少しだけ笑った。ルーナが驚くのはわかっていた。そしてルーナの答えも知っていた。

「きみが、好きだ。……ずっと、きみだけを想っていた」

だけど、どうしても言わせてほしい。俺はきみだけが好きだった。ルーナの気持ちがわかっていても、どうしても伝えたかった。それがきっと俺と、アリアスと、そしてルーナのためになるだろうから。

気持ちを言葉にすることでひと区切りをつけたい気分だった。ルーナがアリアスに惹かれているのには気がついていた。俺と共にいても、俺ではなくアリアスを見ていた彼女。それに気付いて歯がゆい思いもした。もっとあがけばチャンスは巡ってくると思っていた。

だけど、アリアスが倒れて、ルーナの様子を見ているうちに叶わないのだと知った。

俺がルーナに初めて会ったのは、今から十年以上前になる――。

ある日、俺をどうしても王太子にしたかった母上に連れられて、隣国のセイフェルーン王国に行った。母上は人脈づくりがしたかったのだと思う。

王城に上げられ、国王陛下に挨拶をしてから有力貴族の家を回った。二日程度しか滞在しなかったが、そこで偶然俺はルーナを見かけたのだ。

公爵家でもてなされた俺は、早々にその場に飽きて広間から庭に出て、迷い込んでしまったんだ。そして偶然たどり着いたのが、ルーナのいる別邸だった。ルーナはそこで母親と思わしき女性とふたりで庭を見ていた。きっとルーナは知らないと思う。だけどその無邪気な瞳と、恐れを知らない無垢な笑顔に、俺はひと目で心を奪われた。

国に戻っても彼女を忘れることはできなくて、だけど自分の微妙な立場では彼女を好きだとも言えない。母上にとって俺は王太子の座につかせるだけの人間でしかなく、それ以外の何者でもない。自分の意思を持たない人形が人を好きになるなんて許されない。

それに、母上のことだ。俺がルーナを好きだと言おうものなら、なにをするかわかったものじゃなかった。

母上が死んで転機が訪れたと思ったのだけれど、その頃からアリアスの様子がおかしくなって、俺は自分の気持ちを誰かに打ち明けることはなかった。

だけどある日、アリアスには話してしまった。ぽろりとこぼしてしまった本音にアリアスはとても驚いていたようだが、彼はいたずらっぽく笑って言った。

『それなら僕が兄さんの願いを叶えてあげるよ』

その時はなにを言ってるんだと思ったし、冗談にしても言葉にするのは危険が伴いすぎる。俺はあきれた顔をしたと思う。そして、言葉を続けた。

『馬鹿なことを言うな。それが叶わないことくらい重々承知している。……こんな身分に生まれたんだ。その責任くらい負うさ』

言うと、アリアスは途方に暮れたような、困ったような顔をした。この時のアリアスはまだ少年で、その表情がいつも見せる大人びたそれじゃないことに驚きを覚えた。

『責任ってさぁ……。生まれなんて自分で選べないんだから、そういうところまで気にしなくていいんじゃない？　だいたい、責任っていうのは義務に対して生じるものなんだから。好きな人くらいいたって別にいいでしょ」

それでもやはり小難しい言い回しをする彼は、紛れもなくアリアスだと苦笑した。

それから数年が経ち、本当にアリアスはルーナを連れて国に戻ってきた。

久しぶりに見た時は驚いた。彼女が、彼女のままだったから。年月が経とうとも、彼女のかわいらしさは損なわれていなかった。猫目がちの瞳に、愛らしい双眸。すぐに俺はまた彼女に恋に落ちた。だけどここで誤算が起きた。

アリアスもまた、ルーナに惚れていて。そして、ルーナもまたアリアスに心を奪われたのだ。

恋心は誰にもコントロールすることなどできない。わかっていたが、その状況に納得できるまでには、思った以上に時間がかかった。


俺とアリアスとルーナのこの関係は、そのまま膠着《こうちゃく》状態が続くと思っていた。

だけどアリアスが倒れて、ルーナの様子があきらかにおかしくなった。ルーナは自分のせいでアリアスが倒れたという思いと、もともと抱いていた恋情が重なってつらそうだった。

食べる間もなく図書室や禁書室に駆け込み、治療法がほかにないか調べる毎日。

それでなくても聖女の力を使って、不得手な使い方をして疲れているだろうに、それを見せずにルーナは朝夕問わずアリアスの治療を続けた。自分を省みない彼女に、俺は不安になって言った。

『アリアスが目覚めた時にきみが疲れていたら、きっとあいつは自分を責める』

アリアスは優しいやつだ。きっと俺の言う通りになるだろう。そう思って忠告するとルーナもそう思ったのか、それからは寝食を忘れずに取るようになった。

ルーナのその焦燥具合から、本当にアリアスが好きなのだと知った。そして俺は、それでもいいかと思った。長くかかえ込んできた想いのわりには、あっさりとしたものだった。それは自分への決別もあったのかもしれない。

アリアスにならと思ったのだ。つまり、ルーナを簡単に——ではないけれど、それでもあきらめられるほどだったのだ、俺の想いは。

激しい恋情とはとても言えない、ひそやかで、その人の幸福を祈る恋。激しい気持ちではないけれど穏やかで、ただ願うだけの優しい恋。きっとそれが俺の初恋だった。

『ありがとう、ずっときみが好きだったよ。……ミレルダ』

最後に彼女の名前を呼ぶと、彼女は泣きそうになるが、決して泣かない、強い目をしていた。ぐ、と泣くのをこらえて、ルーナは笑った。

『……ありがとう、ございます。私もレオンハルト殿下が……あなたがいる国に来られてよかったと思います』

きっとそれがルーナの飾らない気持ちだったのだと思う。俺はそれでもいいと思って、思ったよりスッキリとした気持ちで彼女に笑った。

ルーナには笑っている顔が似合うし、できるならばずっと彼女には笑っていてほしい。そうさせるのが俺ではないということは、やはり少し切ないけれど、それでもいい。

俺の初恋は、こうして終わりを迎えたのだ。綺麗な形で終えられたことに、結構満足していた。

◇　◇　◇

アリアス殿下の部屋に向かうと、すでに顔見知りになった騎士が会釈をしてくれた。私もそれに返し、部屋に入る。アリアス殿下は変わらず眠っている。

私は彼のベッドの近くの椅子に座り、その顔に触れた。さらさらとした前髪を横に流し、口もとのホクロにそっと触れる。

――早く目覚めないかしら。

目が覚めたら、聞きたいこと、言いたいこと、たくさんあるのに。そう思って、そのまま、すとその薄い唇に指をすべらせた時だった。

不意に、彼の長いまつ毛が震えた。色素の薄い、白金色のまつ毛は雪のようでもある。はっとして、思わず席を立つ。がたん、と音がした。

――そして、アリアス殿下はゆっくりと、その目を開けた。

実に、三日ぶりの起床である。私はなにを言えばいいのかわからなくなって、感極まってまた椅子に座り込んだ。たくさん、話したいことはあったのに。なにから言えばいいのかわからない。私が黙っていると、アリアス殿下は何回か瞬きして――やがて、ぐるりと室内を見回した。そして、私と目が合う。

「ル……ナ?」

声がかすれている。私はサイドテーブルの上から水差しを取ると、それを彼に渡した。アリアス殿下は私からカップを受け取ると、ひと口、ふた口、水を飲んだ。

そして、彼は自力で起き上がった。

「……ここは、……僕の部屋、か」

「おはようございます、アリアス殿下。遅いご起床ですね」

私が笑いながら言うと、アリアス殿下はどこか納得のいかなそうな——いや、不機嫌そうな顔をした。だけどすぐに、はっとしたようになにかを思い出して、私を見る。アリアス殿下は上から下まで、私のことを見ると、ほっとしたように息を吐いた。

「怪我は……ないね」

起きてすぐに、言うことはそれか。

私は胸が掴まれたような感覚になりながらも、深いため息をついた。なにから話せばいいのかわからない。それなら、思いついた順に話せばいい。

「目覚めて……よかったです。とても、不安でした」

アリアス殿下の気配が揺れる。私はそちらを見られずに思いついたまま言葉を唇にのせた。

「……ガーネリア嬢は、あなたの恋人じゃなかったんですね」

私が言うと、アリアス殿下はその形のいい眉を寄せた。そして、アリアス殿下は様子をうかがうように、わずかに首をかしげて、私の顔を覗《のぞ》き込んだ。

いつもはセットされている髪が今はそのままで、まっすぐに降ろさている。それがなんだか普段よりも年幼く見えて、新鮮だった。アリアス殿下はどうやらまっすぐな髪質の持ち主らしい。

「どこでそれを?」

「ただ、単純な答え合わせですよ。あんなに私に敵対反応を持つベルタが、ガーネリア嬢には反応していなかった」

それに——。

『わたくしがいなくても、ガーネリアがいるじゃありませんの』

私のその言葉に、ベルタは鳩が豆鉄砲を食らったような顔をして、言ったのだ。

『は? ガーネリア……? いや……ガーネリア……嬢は違うでしょう? なにを言ってるんです?』

あの言葉でもしかして、と思った。そして、ルイビス伯爵の邸宅で、アリアス殿下が告げた言葉で、それは確信に変わった。

ガーネリアに証言させるために、アリアス殿下はガーネリアに近づいた。そして、ガーネリアはなぜかその時は、アリアス殿下を好いていた。

術が解けた今、ガーネリアの気持ちはアリアス殿下にはなかった。

もしかしたら、最初からガーネリアはアリアス殿下を好きではなかったのかもしれない。だけどユースケの術によって、ガーネリアはアリアス殿下に想いを寄せていた。なぜ、ユースケがそんな催眠を行っていたのかはわからないけれど。

とにかく、アリアス殿下に思いを寄せるガーネリアのその気持ちを、アリアス殿下は利用したのだと思う。

そして、私はぽろりと、アリアス殿下に伝えてしまった。

「アリアス殿下は私のことが好きですよね」

その言葉に、部屋の空気が固まった気がした。しまった、どストレートに言いすぎたと私は反省した。しかし、言葉を変える気はなかった。

先ほど、レオンハルト殿下に言われたのだ。

――アリアスは、きみが好きなんだと思う。

それを聞いた時、嘘だと思った。だけど、レオンハルト殿下はこうも続けてくれた。アリアス殿下が私を見る目が優しいこと。私が転びかけた時、アリアス殿下はレオンハルト殿下より早くその腰に手を伸ばしたこと――。

そうだ。たしか、人身売買の会場跡地に行く前。私はよろめいて転びそうになってしまったのだ。カエルのようにみっともなく転がるかと思った時、手を伸ばして支えてくれたのはアリアス殿下だった。あれはただ単純に、レオンハルト殿下より近くにいたからだと思ったけれど――。

そして、レオンハルト殿下は苦笑するような、弱ったような笑みをのせて、また言ったのだ。

――夜会のドレス。選んだのは俺だけど、俺に用意するよう言ったのはアリアスだよ、と。

つまり、アリアス殿下はレオンハルト殿下をけしかけて私のドレスを用意させたのである。レオンハルト殿下は最後に私を見ると、あの日の話をした。

愛し子ユースケが死に絶え、ロバートが騎士に引き渡された日のことだ。

あの日、レオンハルト殿下とアリアス殿下は同じタイミングで会場に入ったそうだ。

以前レオンハルト殿下と共に人身売買の現地調査をした際、私がレーヴェルア会場跡地を前に、具合が悪くなったこと、違和感があると言ったことから、あの場にはなにかあると踏んでいたらしい。そして、アリアス殿下はもしかしたらあの場には魔法展開を阻む結界が張られているのかもしれない、と告げ――。

私とユースケが再度現れるのならそこだろうと、あたりをつけたのだという。

そして、向かった時にはすでにユースケは死に、ロバートと私が睨み合っている状況だった。そんな中、アリアス殿下はレオンハルト殿下より先に私の前に飛び出したのだとか。

王太子なのに、とか、刺されるだけだとか、そういった考えはすべてすっぽ抜けて、文字通り飛び出したのだとレオンハルト殿下は言っていた。

――俺は、動けなかったんだ。どう動けば一番効率がいいのか、どうすればきみを助けられるのか。そればかり考えていた。だけど、アリアスは誰よりも早く、きみたちの間に飛び込んだんだ。

そう言って、寂しそうな顔でレオンハルト殿下は笑っていた。近くにいるから、アリアスの気持ちも、私の想いもすぐにわかったと、レオンハルト殿下はそう言っていた。

私はレオンハルト殿下の言葉を思い返しながら、アリアス殿下に視線を向けた。彼は驚いたようで、言葉を失っていた。

もしも。もしもこれが、レオンハルト殿下の思い違いであれば、私は大変恥ずかしい思いをすることになる。それこそ穴を掘って生き埋めになってもう二度と出てこられないだろう。

そう思いながら、私はアリアス殿下を見つめた。

――最初から、わかっていたんだ。

「私は、アリアス殿下が好きです」

いつから、とかわからない。だけど、どれだけ長くレオンハルト殿下と共にいても、思い返すのはアリアス殿下のことだった。それに気がついたのは、ついさっきだったけど。

いつの間に、アリアス殿下を好きになっていたのか。私にはわからなかった。

あの時もそう。

あの時――よろめいてアリアス殿下に抱きとめられた時、なぜか顔を見られなかった。

そもそも私が転ぶ原因になったのだって、アリアス殿下の真意が掴めないから――もっといえば、ガーネリアとの関係が気になったからだと、今ならわかる。それに、レオンハルト殿下はこうも告げていた。

――ルーナはアリアスが好きなんだろう？　目で、追っていたから。すぐわかった。

これについては、信じがたかった。だけど、私はアリアス殿下の読めない意図についてずっと考えていたから、自然と目で追ってしまったのだろう。アリアス殿下はなにを考えているのかわからなくて、読めなくて、謎な人だったから。

私がそんなことを思い返していると、アリアス殿下はわずかにその目もとを赤くしていた。だけどすぐに、ぱっと視線を逸らされる。いつも、甘い笑みを浮かべているくせに。今は余裕がなさそうに見える。

――彼にとって、甘い笑みは彼を守る仮面なのかもしれない。

様々な悲しみや苦しみを甘いマスクの下に隠して、アリアス殿下は生きてきたのだろう。自分を守るために。誰ももう、傷つかせないために。

私はそんなアリアス殿下の過去に思いを馳せながら、そっと彼の頬に手を伸ばした。

突然のことにアリアス殿下の体がびくりとはねた。

「ちょっと……!?」

「ですが、私、怒ってもいるんです。モノ扱いされるわ、突然、本当の恋人っぽいのが現れるわで。何回ピンヒールのかかとで殴りたくなったか知れませんわ」

「……そう」

アリアス殿下はそれしか言わなかった。

彼はきっと、自分の気持ちを認めないと思う。

なぜなら、私を連れてきた本当の理由。それは――レオンハルト殿下の初恋の人が、私だからだ。

レオンハルト殿下は昔、セイフェルーンに来たことがあると言っていた。

第二妃がレオンハルト殿下を王太子に押し上げたくて、人脈づくりのためにセイフェルーンを訪れたのだという。その時、シェイラン公爵家も訪ねた。

幼いレオンハルト殿下は公爵家の庭を案内されている時に道に迷ってしまい、別邸に入ってしまったようだ。私は覚えていないけれど、レオンハルト殿下はその時、私に出会ったのだと言っていた。そして、それ以来ずっと好きだった、とも。

それから彼は私のことを気にしていたようだが、やがて私がマクシミリアン殿下の婚約者に決められると、あきらめたのだと言っていた。この気持ちに蓋をして、忘れようと決めたそうだ。

ただ、その思いをアリアス殿下だけが知っていた。

アリアス殿下は、マクシミリアン殿下と私の婚約破棄の噂を知ると、すぐにセイフェルーンに向かったらしい。そして、私を連れて、リヴァーロンに戻る予定だったという——。

ただ、そこで計算違いが起きた。突然、未来の私だと名乗る人物が、アリアス殿下の前に現れたのだ。そして、彼女は自分を恋人役にしろと言ってきた。指輪は見る限り本物である。未来の自分が、なにを考えているのかアリアス殿下はわからなかっただろう。だけど、彼はそれに従った。

それが、今までの話のすべてだ。

不器用で、面倒なあなただから

アリアス殿下は、定期的に私に嫌われるような言動を仕向けていた。

それはすべて、自分への戒めでもあったのだろうと、レオンハルト殿下は言っていた。

つまり——アリアス殿下は、自分が兄・レオンハルト殿下の母上を慕ったことで彼女を死に追いやってしまったと思い、兄に対して負い目があった。そんな兄の恋心を知っていたので、私を好きになってはいけない、好きだと私に悟られてはいけないと思った——そういうことなのだ。

私は、この、ものすごく不器用でどうしようもない人を見て、ため息を禁じえなかった。

「アリアス殿下。今私が申し上げたこと——殿下が、その。……私を。ルーナ・タンブランを好き、という……こと。が、本当であれば。じ、じつであるのであれば！　目を閉じてください」

それでもやはり何度もその言葉を繰り返すのは恥ずかしくて、つっかえつっかえになってしまう。

最後の方はもはややけっぱちだ。顔が熱を持っている自覚がある。

「……なぜ？」

いまだに、頬をうっすらと染めながら、怪訝そうにアリアス殿下が尋ねる。私はそれを見て、にっこりと。アリアス殿下のような甘い微笑みを心がけて答える。

「殴るのですわ。一発」

アリアス殿下がどう考えているのかは置いておく。とにかく私はものすごく彼に振り回されたということだ。

アリアス殿下はめんどくさい人だと思う。ひとりでぐるぐる考えた揚げ句、勝手に答えを出して。好きでなければとっくに手放しているほどに、面倒な性格だ。

私がにこりと笑うと、アリアス殿下は虚を突かれたような顔をした。目を何回かぱちぱちさせた後、あきらめたように笑った。甘い笑みは健在だが、いつものようにつくられたものではなかった。

やがてアリアス殿下は目を閉じて、落ち着いた声で言った。

「どうぞ」

そう、あっさりと従われてもなんとなく癪《しゃく》に障るのだけれど。八つ当たりに近い感覚で、私は息を吐いた。そして――。

思いきり、頭をぶつけた。

病み上がりの重病人に頭突きとか、なに考えているのだろうと我ながら思うが、こうでもしないといろいろと釣り合いが取れない。私たちの、面倒で、こじれた関係を清算するにはこれが一番手っ取り早い。

ゴウンッ！とすさまじい音がする。

目の前がクラクラする。視界が白黒に明滅した気がした。

「痛っ……つ……。ルーナ、きみ、すごい石頭だね……」

アリアス殿下は呻きながら頭を押さえてうつむいた。今の音からしても、とてつもなく痛そうである。打ちつけた方としてはそこまで痛くないので、アリアス殿下の言う通り私は石頭なのかもしれない。

私は痛みに呻くアリアス殿下にそっと手を伸ばした。その、さらさらの髪に触れて、私は毛先まで指をすべらせた。

「目を、閉じましたわね」

「え？　あ……」

私は、こう言ったのだ。私の言ったことが本当であれば、目を閉じろ、と。

そして、アリアス殿下は目を閉じた――。

これは、つまり。

「アリアス殿下も、私を慕ってくださってるんですね？」

私は、少しだけ恥じらいを見せながら問いかけた。

レオンハルト殿下に断言に近い言葉で言われたからわかってはいたが、やはり不安ではあった。

なにより、アリアス殿下は私と想い合うことに対してうしろめたさを抱いている。彼からしてみれば、兄の想い人を奪うような真似なのだろう。

男女の色恋は、本当にめんどくさい。そう思いながら、私はアリアス殿下にまた声をかけた。

「アリアス殿下は本当に面倒な性格をしていると思います。だけど私は、そんなところもお慕いしております」

「………」

アリアス殿下がそっと目を逸らす。この期に及んで、アリアス殿下はなにも言わないつもりなのか。淑女にここまで言わせておいて。私はぎゅ、と彼の両手を握りながら言った。

「助けてほしいとおっしゃいましたよね、アリアス殿下」

夜会の日。アリアス殿下は私に『助けてくれる？』と問いかけた。あの時は意味がわからなかったが、今ならわかる。アリアス殿下は、アリアス殿下なりに、第二妃を死に追いやってしまった自責の念に苦しめられていた。

私の問いかけに対し、アリアス殿下は呻くように言った。

「違う……僕が、望んだのはこんなんじゃ……」

こんなんとはひどい言いようである。私はもう一度頭をぶつけるべきか悩みながらも、彼に話しかけた。

「私がお嫌い？」

「…………」

「それなら、そうと言ってください。私を愛していないのだと。私を女性として、見ていないのだと。そうおっしゃって」

そう言われれば、さすがに強気の私でもあきらめがつく。そこまで言われても追いかけるという性格はしていない。そう言うと、しかしそれでもアリアス殿下は黙ってしまった。いい加減めんどくさくなってくる。やっぱり一発殴ってやるべきかしら。

私はアリアス殿下をじっと見つめながら、言葉を重ねた。

「何回、淑女に愛の言葉を言わせるんですか？　これでも私、すごく恥ずかしいしがんばってるんですけど」

そう言うと、ぱっとアリアス殿下は顔を上げた。そして、ようやく。ようやく、だ。

彼はいつもの調子を取り戻したように、やわらかな笑みを口もとに忍ばせた。だけどそれはつくられたようなものではなく、あきらめたような、苦笑交じりのそれだった。

「……きみは、男の趣味が悪い」

「言われずとも理解しております」

「そして……僕は、きみにそう言われて、うれしいと思ってしまっている」

「それのなにがいけませんの？」

そもそも、ここまできて往生際が悪いのだ。

私も好きだと言っていて、アリアス殿下も私が好きなのに。お互い両想いなのに。アリアス殿下の葛藤がわからなくもないが、ここまで状況が進展していても足踏みしているのを見ると、若干腹が立ってくる。

そもそも女性にここまで言わせる男性とはなんなのだ。

いい加減認めればいいのに。そう思って、私はベッドに乗り上げた。ぎしり、と音がする。アリアス殿下の息をのむ音がする。別に襲おうとかそういうことを考えているわけじゃない。ただ、早く答えを出してほしくて。

「アリアス殿下？」

「きみは……せっかちだな」

アリアス殿下は苦笑しながら私の腰をそっと引き寄せた。その、探るような手つきが、少し緊張をはらんだ手つきが、くすぐったい。

「私がせっかちなのか、アリアス殿下が待たせすぎているのかは置いておいて……」

私はそっとアリアス殿下と顔を合わせた。

「お返事を」

抜けるような青い空の瞳と、目が合った。アリアス殿下は今度こそ、視線を逸らさなかった。そして、彼は口もとをわずかにほころばせて、言った。

「……ありがとう、ルーナ」

そして、彼はもう一度つぶやいた。

「きみが好きだよ。……ミレルダ」

私の、本当の名前と共に。

「きみが好きだ」

アリアス殿下は応えてくれた。

隠された素顔

「それでそれで、どうなったのですか⁉」

目の前の彼女は楽しげに聞いてくる。

彼女――ガーネリアは、あの夜会の日に呪いが解けたけれど、呪われていた時のことをまったく覚えていなかった。アリアス殿下に想いを寄せていたことも、覚えていないらしい。

ガーネリアもまた、不器用な人だった。

グレイス公爵令嬢が療養に飛ばされ、そうして次の王太子妃第一候補はガーネリアとなった。当のガーネリアはレオンハルト殿下が好きだから謹んで辞退したかったのだが、政略的駆け引きなどもあって、それは認められなかったそうな。

貴族令嬢であれば政略結婚は当然。だけどガーネリアはそれを受け入れられなかった。だからこそ、アリアス殿下に嫌われるように高圧的に接していたのだとか。

そして、周囲にも誤解される始末。王太子秘書のベルタにも勘違いされ、すっかりベルタに嫌われてしまったそうな。

――そういえば、ベルタの私へのあたりは強いにもほどがあったわね……。

事件が解決した後、アリアス殿下にその理由を尋ねてみると、アリアス殿下は苦笑して答えた。

『ベルタは心配性なんだ』と。

いやいや心配性ってレベルではなくてよ⁉と思ったのは記憶に新しい。

どうやら王太子妃候補として目をつけていたグレイス公爵令嬢が領地療養になってしまい、代わりに台頭してきたガーネリアに嫌悪感を抱いていたらしい。そんな時かりそめの恋人として紹介された私に嫌気がさしていたそうな。

いや知らないわよ。全部そっちの都合じゃないの。

ベルタはしばらく私の手足にすることに決めた。小間使い決定である。

……だけど、幼少期にいろいろあってこじれているアリアス殿下を心配する気持ちはわからなくもない。わからなくもないが、それとこれとは話が別である。

私は目の前のガーネリアを見ながら、彼女にも思いを馳せる。

ガーネリアの記憶については、本人が覚えていないのなら、そのままの方がいいだろうと、周りもなにも言っていない。

「どう……もなにも。見ての通りですわ」

私はにこりと笑って答える。アリアス殿下直伝の甘い笑みである。私の微笑みを見たガーネリアは、その髪の色に負けずに頬も同じように赤く染めた。

今、私はガーネリアにアリアス殿下との馴れ初め《なそ》を聞かれていた。まさか馬鹿正直に他国で聖女していました、と言うわけにはいかず、若干の脚色を加えたストーリーをガーネリアに聞かせたところである。

そして、ガーネリアはひとしきり盛り上がると、やがてふぅ、と息を吐いた。

「私も……いつかレオンハルト殿下とそんな関係になりたいものですわ……」

ガーネリアは、その見た目に反して、おとなしい性格の娘だった。

レオンハルト殿下にまったく相手にされない、とガーネリアは毎度嘆きながら報告してくる。相手にされていないのではなく、レオンハルト殿下のことだからたぶんガーネリアの気持ちに気づいていないのだと思う。

呪いの解けたガーネリアとはそれなりに仲良くなっていて、私たちはたびたびお茶会をしていた。

私はルーナ・タンブランとして、アリアス殿下に身元の保証をしてもらった。令嬢誘拐の事件が片づいたから、その見返りをもらったわけだ。

◇◇◇

三年前のあの日。

『ロバート、紹介するよ。こちらはデスフォワード公爵令嬢だ――』

ひと目惚れだった。

彼女、グレイス・デスフォワード公爵令嬢は静かだけど地味ではなくて、気品のある女性だった。慎ましやかで、貴族令嬢にはありえないほど、落ち着いた雰囲気のある女性だった。年頃の令嬢たちとは違い、その地位の高さをかさに着ることもなく、誰にだって平等で優しい。

初めて、アリアスが婚約者候補だと俺に言った時、なるほど彼女なら王妃にだってなれるだろうと傲慢にもそう考えていた。

俺はもともとアリアスが嫌いだった。

ただ、幼い時からずっと一緒に過ごしてきたせいで、それが憎しみなのか負け惜しみなのか、はたまた悔しさからくるものなのか。自分ではもうわからなくなってきていた。ライバルと言うには、あまりにも立場が違いすぎる。それなのに距離が近すぎる。よくも悪くも、俺とアリアスの幼なじみという関係は俺の負の感情を悪化させた。

初めてアリアスに劣等感を覚えたのは、剣術大会の時だった。

俺は侯爵家の次男ということ以外なんの取り柄もない人間で、その身分すらお飾りのものだった。普通貴族男子は十になる頃にはなにかしらの役目が決まっている。長男であれば家を継ぐと決められている。次男以下は、騎士見習いになっていたり、魔法師見習いになっていたり、はたまた教会仕えになっていたりする。

俺はその頃九歳で、アリアスの遊び相手以外の役目はなかった。アリアスの遊び相手だって父である侯爵と国王が決めたものであるし、自分の力でなったわけではない。

自分の役目、いや、すべきことは、自分の力で見つけなければならない。自分の力で探さなければならない。とはいえ、魔法の類いはからきしダメだった。教会でおとなしく辞典を読むのも嫌で、消去法的に俺が見つけたのは剣士になることだった。

それを言った時、アリアスは『へぇ』とだけ言った。そして、帝王学の勉強をしていたアリアスは読んでいた本を閉じて、笑った。まだ第二妃が死ぬ前の話だった。

『じゃあ僕もしようかな』

『アリアスも？　なんでだよ』

その頃俺はまだ、アリアスのことを名前で呼んでいて、気安く話しかけていた。アリアスは本を閉じるといたずらっ子がするような瞳をして俺に言った。

『だって守られてるだけってかっこ悪いじゃない。将来、僕も好きな人ができたら、その人を守れるくらいには強くなりたいから』

『キザ』

『なんとでも言いなよ。さて、じゃあ僕もやろうかな。ロバートは？　お前はなにか、大会とか出るつもりなの？』

聞かれて、俺は少し考えるそぶりをしてから答えた。答えはもとより決まっていた。正直に答えるのが少し照れくさかったから、少しだけ間を置いた。

『夏の、プリーモァ杯があるだろ。そこで十位以内に入れれば、近衛騎士見習いになれるらしい。それが目標だ』

『へぇ、お前近衛騎士になりたいの？　僕の騎士に？』

アリアスがきょとんとした顔で言うのがおもしろくて、俺は寝転がっていた芝生から勢いよく立ち上がった。少し照れくさくて勢いをつけすぎた。勢いあまって転びそうになった俺を、アリアスが訝しげに見ていた。

『まあな。つーか、やるならそれしかないだろ』

『……ふぅん』

ニヤニヤ笑いながらそう言うアリアスに対し、無性に腹が立った俺は、ちぎった芝生をあいつに投げた。アリアスは引いたような目で俺を見ていたが、かまわなかった。

アリアスは筋肉がつきにくい体質らしかった。たまに手合わせをしても体力がないのか、腕力が弱いのか、ギリギリで俺に押し負ける。それでもなかなかいい線をいっていて、俺たちは今まで遊んでいた時間をすべてそれにあてて日夜剣を合わせた。

大会一週間前。俺は最後の詰めだと言って、アリアスと打ち合うことはやめた。

アリアスよりも強いやつと剣を合わせたくて、大会で十位以内に入るために死ぬ気で練習した。寝るまもなく練習したおかげか、大会ではギリギリ十位に入ることができた。

アリアスの方はどうだったんだろうと、俺は様子を見に行くことにした。

コートはふたつあって、俺とアリアスは別々のコートで闘っていたのだ。

アリアスのことだ。きっといい線いったはずだが、三十位以内に入るのはキツいだろうと予想していた。アリアスは、線は細いしひょろいし筋肉もないが、すばやさと手首の返しはなかなかよかった。鍛えればもっとなめらかな動きができるだろうなと、俺は勝手に指導者になった気分でそんなことを思っていた。

けれどアリアスの様子を見に行った俺は、息をのんだ。アリアスは三位だったのだ。十五歳以下しか出られない大会といえど、その大会で三位になったアリアスは、その時点で最年少だった。信じられなかった。負けた、とも思った。

たぶん、そこからだ。俺に劣等感という概念が植えつけられたのは。戻ってきたアリアスは『勢いだけじゃやっぱり難しいね』と笑っていたが、俺はうまく笑えなかった。

俺は、俺には。剣しかなかった。死ぬ気で磨いた剣の腕が、つい最近剣術を始めたアリアスに負けた。

なんでだ。なんでなんだ。アリアスはなんでも持っている。その身分も、その黄金色の金髪も、青い瞳も、端麗な容姿も。あまつさえ剣の腕さえある。それに、アリアスは魔法の方だって秀でていると聞いたことがある。

これが天才というやつなのか。俺はそう思った。だけどそう思って割りきるには、あまりにも俺とアリアスの距離は近すぎた。

『ラッキーだったよ。相手が大柄だと逆に小回りがききにくいんだよね。団長とやった時にそうかなとは思ったんだけど。実践に活かせてよかった』

ラッキーだったと、アリアスはなんとなしに言った。

ラッキーだと？　ラッキーで、三位まで勝ち上がれるか？　俺を馬鹿にしてるのか？　侮ってるのか？　わざと、俺に負けていたのか？

『隙を突くような真似しちゃったけど……まぁ、実践を想定した大会だし、反則じゃないからね。やっぱり力がないとこれ以上は厳しいな』

『…………』

『しかしあいつ、馬鹿力にもほどがあるだろ……。まだ僕手首が痛いんだけど』

アリアスがぼやきながら手首をさすっていた。俺は、開いた口が塞がらなかった。アリアスは偶然勝てたと、正攻法じゃなかったと言った。

だけどその後王城では、社交界では、アリアスは天賦の才を持っているだとか、ずば抜けて高い能力があるだとか言って、そうもてはやされていた。

それに……今さっき、アリアスはなんて言っていた？

……団長と手合わせをした？

近衛騎士の、団長と、だと？　俺は団長となんてできない。身分が違うんだ。侯爵家の次男とはいえ、近衛騎士の団長におおそれと稽古をつけてもらえるはずがない。

アリアスはきっと自慢とか、そういうつもりじゃなかったんだろう。だけどその時俺はハッキリとした劣等感を植えつけられたし、惨めだと思った。

アリアスは額の汗をぬぐって聞いた。

『お前は？　どうだったんだ、ロバート』

『……十位だったよ』

そういえば、アリアスは俺の順位を知って、申し訳ないと思うだろうと思った。きっと俺に申し訳なく思うだろう、と。だってアリアスは知ってる。俺がどんなにこの大会にかけていたか――。

だけどアリアスは、驚いた顔をした後に優しく笑った。無邪気な笑みに、脳が沸騰するほどの怒りを覚えた。顔が熱かった。

『すごいじゃない、じゃあお前、近衛騎士になれるのか！』

アリアスは言った。俺はは、と内心笑った。自分より順位の下だった俺に、そんなことを言って内心笑ってるくせに、と。

初めて俺はアリアスの曇りのない笑みを見て、はらわたが煮えくり返るほどの劣等感と怒りを覚えた。劣等感は屈辱に。屈辱は怒りに。形を変えていった。

それでも表面上は仲のいい騎士と王太子を演じてきた。

そしてある日、アリアスがぽつりと言った。

『グレイス・デスフォワードっているだろ』

『グレイス………？』

『公爵家の令嬢だよ。彼女が僕の婚約者候補第一位らしい』

アリアスはそんなことをぽつりと言った。つまらなそうな、拍子抜けしたような、そんな顔だった。

『僕はもっと………』

アリアスの続きの言葉は聞こえなかった。だけど、アリアスはグレイスとの婚約に乗り気でないことだけはわかった。それからグレイスを見て、彼女の雰囲気にのまれた。ひと目惚れだった。

グレイスはおしとやかで、おとなしくて、少しだけはにかんで笑うのが愛らしい少女だった。薄紫色の髪が腰もとまであって、風が吹けばそのまま倒れそうな華奢さがあった。

止められなかった。彼女が好きで、どうしようもなかった。グレイスとの婚約を嫌そうにするアリアスが許せなかった。

アリアス、お前はなんでも持っている。その剣の腕も、魔力の腕も、端麗な容姿も。あまつさえ、俺の好きな女までも。アリアスはなんだって持っている。

それなのに全然うれしそうじゃないその様子に、どうしようもなく腹が立った。

どうしようもなくて、どうしようもなくて、毎日毎日、狂うほどの感情にまみれた。


そんある日、突然現れたのがユースケと名乗る男だった。それを保護したのはルイビス伯爵。王政派に反対している派閥の人間だ。表立ってそれは口にしていないが、彼が反王政派なのは暗黙の了解だった。

俺はルイビス伯爵にコンタクトを取った。そして、ユースケと会った。

ユースケの能力は『洗脳』だった。クズらしい能力だと思ったが、ユースケの存在は思ってもみない起爆剤だった。もしかしたらこれは天が俺にさずけたチャンスなのかもしれない、と。そう思った。

ユースケを使って、令嬢を洗脳させる。令嬢にアリアスを殺させれば。アリアスが死ねば——。

計画がうまくいけば、グレイスはアリアスの婚約者からはずれる。そうすれば、俺が婚約を申し出たってなんら問題ない。今のグレイスは王太子の、アリアスの婚約者第一候補ということで誰も手出しができない。ならばアリアスがいなくなればいい。

少し前から、グレイスには毒を仕込んでいた。内通者に金を握らせ、弱味に付け込み脅し、グレイスのティーカップに毒を仕込んだ。毒の検出がされない、それは病のように体を弱らせていく希少な薬で、たちまちグレイスは体調を崩していった。

俺は賭けをすることにした。

アリアスが死ぬのが先か、グレイスが死ぬのが先か。アリアスが死ねば晴れて俺はグレイスと結婚できる。だけど先にグレイスが死んだらそれは俺の負けだ。

それをするにはユースケは十分役に立ってくれていた。なのに……。

『最後になって、失敗するとはな……』

ユースケがとち狂ってルーナを殺しに過去に戻ったのは誤算だった。

俺はユースケがルーナを連れてくるなら、あの会場跡地以外ないと思っていた。なぜなら、あの会場跡地には魔力を無効化する結界を張っているのだから。

現れるとしたら間違いなくそこだと踏んで、行ってみれば、案の定大正解。

しかも着いた時にはギャーギャーわめき散らして、こいつはもう使えないなと悟った。だからこそ俺は、心臓さえあれば。ユースケの心臓さえあればまた『洗脳』の力を使えるかと思ったのに…………。

『しくじったな……』

まさかアリアスが現れるとは思わなかった。だけど抜け目のないあいつはきっとルーナに追跡魔法でも仕込んでいたか、仕込んでいたそれを渡していたのだろう。

ユースケを殺し、心臓を奪い、目撃者であるルーナを殺せば目的は達成。俺の思う通りになったのに。

『…………』

俺はひとり、牢の中で天を仰いだ。塔のてっぺんにあるこの牢屋は、外から助け出すことも不可能だし、自力で逃げ出すこともできない。はるか高い塔の最上階で、俺は死の時を迎えていた。

テーブルに置かれたどす黒い赤色の薬。これを飲めばきっと俺は死ぬのだろう。

空は、皮肉にも綺麗な青空だった。死ぬのにはいい日だ。死とは無関係そうな青空だ。

俺はひとり笑って、その青空にあいつの瞳の色を思い出した。

そしてふと、どこか納得がいった。最期だから、わかったのかもしれない。最期だから、気づいたのかもしれない。

あの大会の時。なんであんなにまで俺は腹が立ったのか。それは。

「俺は……アリアスを下に見てたんだな」

だから、腹が立った。負けたと思った。

ぽつり、つぶやいた言葉は空気に溶け込んだ。

それがわかって、俺は苦笑して。そして、勢いよく毒をあおった。それがまるで酒をあおるような勢いだから、それにまたひとり笑った。

◇　◇　◇

ガーネリアとのお茶会を終えた私は、回廊の先に慣れ親しんだ白金色の髪を見つけた。私は、それに内心うれしく思いながら、彼に話しかけた。

「アリアス」

「ルーナか。どうしたの？　お茶会は？」

アリアス殿下に話しかけると、アリアス殿下はこちらを振り向いて答えてくれた。自然と腰に手を回され、近くなる距離に胸がはねた。

あれから、わかったことがある。吹っきれたアリアス殿下は、いろいろとすごい。

距離も近いし、スキンシップも多いし、その甘い笑みに加えて砂糖でも混ぜ込んだようなセリフをあっさりと吐く。

「お茶会は……今、終わりましたわ」

「そう。楽しかった？」

「ふふ。まあ、それなりに。ガーネリアとの話は楽しいですもの」

そう言うと、アリアス殿下は私の腰を軽く引き寄せて、首筋にそっと顔を埋めた。回廊のど真ん中で抱き寄せられて慌てるのは私である。

「ちょっ……！」

「楽しかったのはなによりだけど。……僕のことも忘れないでね」

「あっ、あたり前じゃないですか！　放してください！」

言うと、あっさりとアリアス殿下は私を放した。簡単にはずすことのできる、甘やかな拘束に私はまたしても呼吸を乱れさせた。アリアス殿下は、私を見つめて楽しげに瞳をきらめかせた。

そして、いつもの甘やかな笑みとはまた少し違う、楽しげな表情を見せた。その表情にどきりと胸が鳴る。

「そう？　ならよかった。僕は、いつだって不安なんだ。きみを、誰かに取られないかってね」

「お、大げさ……」

だし、少し重い。だけどそうも言えずに言葉を濁すと、それがわかったようにアリアス殿下は苦笑した。私の腰を引き寄せながら、長い回廊を歩き始める。

「ルーナも言ってたでしょ。僕は、めんどくさい男なんだよ」

「………」

「早まったかもと思ってる？　ダメだよ。僕を選んだのはルーナなんだから」

まったくの図星だった。だけど、悔しいことにそれが嫌ではない。むしろ、うれしいとすら思ってしまう。

だけどガーネリアとただ楽しく話をしていただけで嫉妬されるのは、ガーネリアとアリアス殿下が想い合っていると信じていた私としてはどこか釈然としない。私はじっとアリアス殿下を見つめると彼に言った。

「アリアスはまるで、ガーネリアと想い合っているかのように振る舞ってましたけどね」

言うと、アリアス殿下は一瞬その身をこわばらせてから、ややあって息を吐いた。

「……うん。ひどいことをしたと思っている。誠実な対応じゃなかった。きみに対しても、ガーネ

る。

それはまあ、そうなのだけど。真摯に認められ謝罪されると、なんて言っていいかわからなくな

「うん……。でも、ごめんね。きみの中にわだかまりを残してしまったでしょう」

「私のことはいいんです。その時、私とアリアスは別に恋仲とかではなかったんですもの」

リア嬢に対しても」

責めたいわけじゃない。ただ、自分の時は好き放題しておいて、私には束縛するのかと。いや、うれしいのだけど。だけど言葉では言い表せない複雑な感情なのだ。恋って本当にめんどくさい。

「私……私は、アリアスがもし浮気をしたら」

「絶対しないから安心して」

最近になって気がついたことがある。それは、アリアス殿下は間違いなくレオンハルト殿下の義弟だということ。レオンハルト殿下は真面目すぎるほどに真面目だが、アリアス殿下もそれと似たりよったりである。

甘い笑みの下に隠していた彼の素顔はこれなのかと、私はくすぐったい気持ちになる。

「浮気したら……どうしましょう?」

まあ、浮気ではないのだけど。再三になるがアリアス殿下は王太子殿下であり、王族である以上妻を何人娶《めと》ろうと、愛人を持とうと自由なのである。本来であれば、私が禁止することではない。

だけど、アリアス殿下は私の言葉にふわりと瞳を緩めた。アリアス殿下は意外とその瞳に表情が出やすい。

「絶対しないけど……。そうだな、きみが、始末をつけてくれる？」

それは私にアリアス殿下を殺せと言っているのだろうか。無理にもほどがある。さすがに浮気されたくらいでは殺しはしない。王城は出るかもしれないけど。

そんなことを思っていると、ふいに手をからめとられた。指と指を絡み合わせ、アリアス殿下が告げる。

「そんな仮定、しても意味がないけど……。もしそうなった場合、きみの自由にして。僕は、きみを裏切るような自分に信頼感を持てない。そんな僕になにかを決める権利などないと思うから」

「……ずいぶんと買いかぶりすぎでは？」

正直そこまで言ってもらえるほどの人間ではない。そう思って言うと、アリアス殿下は実にうれしそうな顔をして告げた。

「言わなかったっけ？　初恋なんだ、僕」

「……えっ⁉」

「初恋は実らない、なんて言うけれど……実ったね。無理やり花を咲かせたんだ」

「…………」

突然吟遊詩人みたいなことを言い出したアリアス殿下は放っておいて、私はその言葉に衝撃を受けた。アリアス殿下が初恋⁉　そんな馬鹿な。こんなに女性経験豊富そうに見えて……⁉

私が固まっていると、アリアス殿下はそっと私の顔を覗き込んできた。身長差があるから彼が屈む形になる。

「お膳立てするつもりが、僕が好きになってしまったんだ。情けないことこの上ない。まさかこんなに――いや。言っても詮ないことかな」

「アリアス……は……私のどこがよかったの？」

「わからない。好きになったきっかけなんてわからないんだよ。ただ初めて会った時――ああ、きみが過去に戻って僕に会った時ね。いろいろ衝撃だったからかな」

そうだ。たしか過去に戻って私はアリアス殿下にこう告げたのだった。

『あなたのそれは、ただの独りよがりです』

『お節介です。自己中です。誰も頼んでいません。あなたは自分を救おうとして――そして誰よりも苦しんでいる』

『助けを望んでいるのは、誰よりもあなたなんじゃないですか？』

思い返してみれば、どれもひどい言いようである。今さらながら私は申し訳なくなってきた。

幼少期の衝撃は。幼い時に慕っていた人が自分のせいで死んでしまったという事実は。深くアリアス殿下に傷を残したのだろう。その後悔と悔恨は言葉にはならないほどだっただろうに、私は言葉の刃をもろアリアス殿下に向けたのである。気まずさを感じながらも私はアリアス殿下を見た。

アリアス殿下はじっと私を見ていたが、その瞳に楽しそうなきらめきがあった。

「独りよがり、だっけ。たしかにその通りだなとは思ったんだよ」

「…………」

「あの件に関しては、僕が責任を感じることはない。いや、王太子として浅慮な行動をしてしまったとは思ったけど」

「だけど、でもアリアスはその時まだ子供で――」

「うん。でも、それでも僕は王太子だ。生まれてからずっとね」

「…………」

アリアス殿下が第二妃を慕わなければ、第二妃は死ななかったのかもしれない。だけどそれは、難しい話だと思う。アリアス殿下は第二妃を母のように慕っていたからこそ、死んだ時絶望した。どれが狂っても、うまくいかなかった気がする。

私がそんなことを考えていると、アリアス殿下に腰を引き寄せられた。いつまでも回廊にいるわけにはいかない。

私はアリアス殿下に促されながら回廊を歩きだした。

その時私はふと、婚約破棄をしたあの日のことを思い出した。

王城を爆破しながらも、マクシミリアン殿下に投げかけた最後のあの言葉。

聞こえるか不安だったけれど、しっかりと届いていてよかった。そう、あの時私は――。

『勝手に幸せになってれば？』と言った後に、こう続けたのだ。

――私も幸せになるから。

あの時は口からでまかせを言ったにすぎなかった。だけど、それが今は本当になってしまっている。

幸せに、なった。今、私は幸せだと思う。

あの言葉は、結局真実になったのだ。私はそんなことを思いながらそっと窓の外を見た。

今日も、空が青い。

抜けるような青さを見て、すぐにアリアス殿下の瞳を連想した。そんな自分に私は、アリアス殿下に気づかれないように苦笑をこぼす。

ありがとう、マクシミリアン殿下。あなたが私にしたことは最低最悪の下劣極まりない行動だったけど、過去があるから今がある。

マクシミリアン殿下は、結局セイフェルーンに切り捨てられたらしいが、それでは収まりがつかないというリヴァーロンの回答にさんざん内輪もめをしたらしい。

そして、結局、さんざんもめにもめてからセイフェルーンはリヴァーロンの傘下に入ることとなった。

そして、ロバートだが、彼は表面上戦死したことにされていた。ユースケの処遇は公にされ、その事件の鎮圧にあたったロバートも死んだ、とされている。

ロバートのそれは温情だろう。実際のところロバートは処刑に付されている。

ロバートはグレイスを殺すつもりだったのだろうか。手に入らないなら、と。だから毒を盛ったのか。彼が死んだ今、真実はわからない。

そして——例のグレイス公爵令嬢だが、彼女もまたロバートの死を知り毒を飲んだ。

どうやら、彼女もロバートを愛していたらしい。

なんとも後味の悪い終わり方だが、きっとこれ以上の手はなかった。あのふたりは、なにかが違えばもっとまともな……幸せな関係になれていただろう。そう思うも、やりきれなくもあった。

だけど、過ぎた時間は戻らない。過去は変えられない。変えることができるのは、いつだって未来のみである。私はそっとアリアス殿下の腕に自分のそれを絡めて歩きながらも、幸せの在り方について考えていた。

そんなことを思い出しながら、私は隣を歩くアリアス殿下を見た。

この、面倒で、不器用で、そして愛おしい人と私は――来年の春、婚姻を結ぶ。

エピローグ

一年が経った時にはすでに私は王太子妃となっていた。

春の結婚式は実に盛大に挙げられて、きっと私はあの光景を一生忘れることはないだろう。結婚後のアリアスについてだけれど、彼は外ではまったく変わった様子を見せないのにふたりきりになるととてもリラックスするようになった。言葉遣いとか、そういう空気のようなものが。リラックスしていて、やわらかくなる。

「明日寒いみたいだから、ルーナも体調には気をつけて」

「そうなの？　今日より寒いってなったら……とても困るわね」

「魔法である程度カバーできるけど、さすがに寝てる間までは使えないしね。かといって暖炉を使うのはルーナが嫌がるし」

「だって乾燥するじゃない」

今日の公務も無事終えて、ふたりしてベッドに入る頃には、結構な時間になっている。

夜も更けて気温もぐっと冷え込んでいるが、私はあまり暖炉を使うことはしたくなかった。理由はひとつ。乾燥するからだ。乾燥は喉によくないし、私は一度それで喉風邪を引き起こしたことがあった。魔法があるのでたいていの病は治せるが、それはあまり推奨していない。なぜならそのたびに魔法で治癒してしまうと自己免疫が下がってしまうからだ。魔法で治癒することはあくまでも以前の状況に戻す、つまり復元の魔法であってウイルスを殲滅するものではない。

「まあ……僕はルーナっていう抱き枕があるからいいけど」

「抱き枕にしないで……」

そう言いながら私もベッドにもぐり込む。ひんやりとした感触が嫌でそのまま寝返りを打った。

一年とはあっという間のもので、周りの人間関係も大いに変える。例えば私とアリアスの関係、とか。私はアリアスに気安く話すようになったし、アリアスも以前より打ち解けて私と話すようになった。

ガーネリアはまだまだレオンハルトとは苦戦しているようだけど、ふたりの様子を見る感じだとあとなにか、ひとつでもきっかけがあればふたりの関係は劇的に変わるんじゃないかしら。

ベルタは変わらず私に文句を言ってくるから、そのたびになにかと用を言いつけている。なんだかんだ文句を言いながら、それに対応してくれるベルタは、実は私のこと結構好きなんじゃないかしら。

この前はアリアスに買って帰るお菓子を選びに城下町までついてきてもらったし、この前はガーネリアとの茶会の護衛についてきてもらった。文官らしいけれど王太子補佐の名前は伊達じゃなく、彼は腕もなかなかに立つらしい。

セイフェルーンの元実家は聖女の件について責任を取らされ爵位返上、それに伴って両親は離婚。ミレーヌは家を出たらしいけれど、それ以上のことは知らない。わざわざ調べるのもなんだか違う気がして。

「あっという間だったわ……」

「ん……?」

内々に戴冠式の予定が決まっているアリアスは、陛下から業務の引き継ぎを受け始めていて、今の時期かなりの激務だ。すでに半分寝ている様子のアリアスに私は小さく笑って、そして彼につぶやいた。

「ううん。なんでもない。……これからも、どうかよろしく」

長い時間をかけて、私はこの人との。アリアスとつくる未来を大切にしたい。

そう思いながら私もまた目をつむった。すごく寒いけどまだ雪が降ってない今年は、いつ初雪が降るだろうか。そんなことを思いながら眠りについた。

番外編

開かれた夜会

アリアス殿下が完全に回復し、それを機に恒例だった夜会も開催されることとなった。アリアス殿下がベッドから起き上がれない時は、国全体で喪に服さんばかりの意気消沈ぶりで、舞踏会や夜会といったものはいっさい開かれていなかったという。

アリアス殿下はその見た目から国民人気も非常に高く、今回の怪我については、かなりの人が気をもんだらしい。

だけど完全に復帰してからは城は、いや国全体がお祭り騒ぎだ。今回の夜会も似たようなもので、アリアス殿下の快気祝いと銘打った若い令嬢や紳士たちのお見合いの場と化していた。

年若い淑女にとって、夜会こそが己の結婚相手を探す場だとガーネリアから聞いた。もっとも、引っ込み思案なガーネリアは自分から進んで行くことも少なく、レオンハルト殿下が参加するものだけに足を運んでいたらしい。苦手な夜会といえど、レオンハルト様が出る夜会は必ず出席しているあたり、なんとも彼女らしい。

前にどこかで、意外と自分と正反対な性格の方が仲良くなる、と聞いたことがある。それはまさに私とガーネリアのことのようで、私たちは真逆の性格をしていながらも、なかなかに仲がよかった。

もともとは気が弱く、なにも言えなかった私。だけど今は物の見方が変わって、考え方が変わって、結構癖のある性格になったと自覚している。ガーネリアは私とは真逆だ。しおらしく、淑女らしい。だけど以前の私のようにただ気弱なだけではなく、彼女は芯の強さもある。

　私はアリアス殿下と三曲続けて踊った。

　ガーネリアはなにかと忙しいレオンハルトをようやくつかまえて、一曲踊ったところだ。そんな中、アリアス殿下は他国からの招待客の相手をするために席をはずし、続いてレオンハルト殿下が騎士団長に仕事のことで呼び出されてその場を後にした。

「やっぱりご兄弟ですね。同じことを言っていかれましたわ」

　くすくすと笑いながらガーネリアが続ける。立食形式の夜会ではそろそろ足が痛くなってくる。あまり身長の高くない私は、その不足分を補うためにピンヒールを今日も同様に履いている。そろそろ踵あたりが限界だわ……。ちらりと隣りのガーネリアを見る。彼女は女性にしては多少高めの身長で、そこまで高いヒールを履かなくても様になる。それが今はとてもうらやましい。私はみっともなくない程度にテーブルに軽く肘をつくと、少し息を吐いた。

「そうね。ここを絶対に離れないように……なんて。いくつだと思ってるのかしら」

「不安なのかもしれませんわ？　ただでさえ、婚約者の方がこんなにお綺麗なのですから」

「……それをお綺麗なガーネリアに言われてもね」

「あら。ふふ。うれしい」

　ふふふ、とお上品に笑うガーネリアを見て肩の力が抜ける。ガーネリアはいい意味で貴族らしくなく、話していてとても楽だ。もっと言えば、かわいらしい女性である。もし私が男だったら間違いなくガーネリアを娶る、というほどにはかわいいのに、レオンハルト殿下はとことんガーネリアを袖にしている……というよりかは、鈍感すぎて気がついていないようだけれども。

それでもガーネリアに心が揺れないレオンハルト殿下の気持ちは、あまり理解できない。レオンハルト殿下のことは、今でも複雑だ。婚約者の兄に想いを寄せられていた、という複雑な状況を考えれると無理もないとは思う、けれど。しかも、今となっては親友とも呼べるガーネリアの好きな人がレオンハルト殿下だというのなら、なおさら。

だけど、レオンハルト殿下も、ガーネリアも、どちらも同じくらい大切な人だ。幸せになってほしい、と思っている。

「しかも、護衛の方まで置いていかれるんですもの」

ちらりとガーネリアが私たちの隣に視線を動かす。そこには細い金髪を丁寧に七対三になでつけた、少し精神が細そうな青年が立っていた。

名前をテオボルトというらしい。アリアス殿下の補佐官らしく、万一のことがあってはいけないから、と彼をここに残した。

私は何度か顔を合わせたことがあるが、ガーネリアは会ったこともないだろう。ガーネリアのわずかな困惑が伝わってくる。

「…………」

……どう対応するべきかしら。ガーネリアとそっと視線を合わせる。しかし妙案は浮かばない。

「……なにか？」

私たちがなんて声をかけようか、それとも声をかけてはいけないのか。そんなふうに思い悩んでいると、視線をすっと逸らしたテオボルトが静かに聞いてきた。見た目通り落ち着いた低い声だった。

「いえ、失礼いたしました。アリアス殿下の補佐の方って、どんな方なのか少し気になったものですから」

ガーネリアがふわりと笑う。

テオボルトはわずかに眉を持ち上げたが、表情はまったく変えずに先ほどと同じ声色で答えた。

「そうですか」

「………………」

会話が終了してしまった。いや、アリアス殿下も、私たちと仲良くさせるためにテオボルトを置いていったわけではないだろうけれど。だけどこうも気まずい雰囲気が漂うとなると……。私がなんとなく空気を読んで声をかけようとしたその時。不意に場にそぐわない、なれなれしい声が響いてきた。

「おやおや、こんなところに美しい蝶が二羽もいらっしゃる。舞踏会は退屈ですか？　お嬢様方」

見れば、そこには茶髪に青い瞳の青年が立っていた。白すぎる頬にはそばかすがちらちらと浮かんでいて、そして三白眼の瞳はまるで獣のように見えた。

ガーネリアがそっと扇を開く。あなたと話したくない、という態度である。ガーネリアはおっとりとした声で続けた。

「すでに止まり木はありましてよ、赤い顔の紳士さん」
ガーネリアは『しおらしく、淑女らしい』――前言撤回。

意外と、ガーネリアは気が強いのかもしれない。ニコニコとやわらかく笑うガーネリアの口から飛び出た言葉とは思えない。私はどうしたものかと思って、ちらりと先ほどのテオボルトを見た。――しかし、いなかった。

いや、えっ？

待って、どうしていないのよ。

こういう時のために置いていかれたんじゃないのかしら？　職務放棄じゃない？　というより、これどうしようかしら。私がそろりと再度男に目を移すと、たしかに酒で頬がチークを塗りたくったように染まっていた。私が誰かも、ガーネリアが誰かもわかっていないらしい。たしかこの男は、デュバット公爵家のひとり息子。カイリーケ様だ。

胸の紋章に刻まれた家紋は見覚えがあるし、この薄っぺらい顔にも覚えがある。そして評判はすこぶる悪い。公爵家のただひとりの息子というのが彼の気を助長しているのか、かなりのやりたい放題らしい。夜会に呼びたくない貴族トップ3《スリー》入りを果たしている、と以前の茶会で聞いた。

「気の強いお嬢様だな。僕を誰だと思ってるんだい？　それに……止まり木はなにも、ひとつとは限らないじゃないか」

「カイリーケ・デュバット様と存じ上げていますわ。有名な方ですもの」

「ふぅん、じゃあ僕に逆らうとどうなるかもわかるよね。そこのきみも、そんなに熱い視線をくれてるんじゃ放っておくのもかわいそうだ」

ガーネリアの嫌みもなんのその。あっさりと流したカイリーケ様は私の方を見た。というより、この人に敬称なんているのかしら。いや、つけるに値しない人だわ。私はカイリーケ様の上気した頬を見ながら、それとなくガーネリアの斜め前に立った。

周囲の貴族はチラチラとこちらを見るものの、デュバット公爵家の報復が怖くて誰も動かない。ああもう、本当にどうしてこういう時にテオボルトがいないのかしら。

だけどこんなトラブルくらいでうろたえていたら、アリアス殿下の妃など務まらない。それは十二分に把握しているし、私が生きていく世界は、こういう世界だ。

「少し、飲みすぎたのではありませんか？　カイリーケ様」

「飲みすぎ？　そんなことないよ。まあ、きみには酔わされてるけどね」

「お付きの従者をお呼びいたしますわ。こちらでお待ちになっ…………」

このままひとりにして従者を呼んでこの場から逃げてしまおう、という算段をつけたあたりで、不意に熱いなにかに手首を包まれた。見れば、カイリーケにしっかりと手首を掴まれている。手首に伝わる熱い感触にぞわりと寒気が走る。振りほどきたいのをこらえて薄く笑みを浮かべた。

「なにか？」

「きみ、偉そうだなぁ。僕が誰だかわかってる？」

「……ええ、知ってますわ――」

「カイリーケ・デュバット伯だね」

言葉を続けようとすると、その前にうしろから名前が続けられた。それと同時に、ぐっと腕を掴まれてそのまま引き寄せられる。驚いてたたらを踏んだけれど、しかしすぐにその声に落ち着きを取り戻した。息を飲む音。少しだけ、静かになった広間。その中で、落ち着いた声が聞こえてきた。

「僕の婚約者に、なにか用かな。……今日は一段と酔っているようだね？」

「ア、アリアス……殿下……」

青リンゴのように顔を青く染めているカイリーケは、すでに酔いが覚めたのだろうか。さすがに王族に睨まれれば彼の権力も意味をなさない。思わず顔を上げると、アリアス殿下は少しだけ口に笑みを浮かべてそっと私の腕を離した。そして、当然のように腰をひかれてエスコートされる。

「遅くなってごめんね。これでも急いできたんだけど」

「それは……大丈夫ですけれど……」

「テオボルトが教えてくれたんだ。挨拶を至急切り上げて向かったんだよ。……大丈夫だった？」

「……はい」

小さく答える。それと同時に、私は少し悔しかった。これくらい、自分の力でなんとかしてみせる。いや、したかった。アリアス殿下の婚約者として。妃として、これくらい収められる力量を持っていたかった。私が小さく答えると、アリアス殿下が小さく笑うのが気配でわかった。

「ごめんね」

「え……」

思わず顔を上げると、アリアス殿下の翡翠色の瞳が、優しく私を見ていた。思わず言葉に詰まる。

アリアス殿下は語りかけるように、小さな、優しい声で続けた。

「ルーナは自分でどうにかできるってわかってたけど……僕が不安で。来てしまった」

「…………」

「まあ、その話は後でもいいか。それより。カイリーケ伯、きみはこれで何回目かな。私はきみに何回厳重注意をすればいいのかな？　同じことを、何度私に言わせる？」

アリアス殿下は突然カイリーケに厳しい声をかけると、立ち去ろうとしたカイリーケの肩がびくりと跳ねた。そして恐る恐るこちらを見て、にへら、と笑う。笑ってごまかそうとしているのかしら……。

「も、申し訳ありません……」

「……うーん。どうしようかな。反省の意思があれば、許してあげたいけど——と言っても、それじゃあずっとその繰り返しだからね。今回は僕の婚約者も——ひいては僕も巻き込まれているわけだから。僕も間接的な被害者だ。きみの酒癖の悪さは、本当に治した方がいい。ご両親にもそう伝えておくように。テオボルト」

「は」

テオボルトが小さくつぶやく。頭を下げるのが視界の端に揺れる金髪でわかった。

「デュバット公爵家に謹慎令を。しばらく己を見直すように、と苦言付きでね」

「は」

「なっ……」

かしこまるテオボルトとは別に、カイリーケが声をあげる。その上ずった声からして、まさか罰が下されるとは思わなかったようだ。アリアス殿下はカイリーケを見ると少しだけ笑って、そして言葉を続けた。

「きみも、しばらく……そうだね。ワンシーズンの夜会の参加を禁止する。きみはもう少し己の立場というものを再確認した方がいい。もしそれができないのであれば、きみに公爵家当主の資格はない」

「……は?」

すっかり酔いが覚めたらしいカイリーケだが、アリアス殿下はそれ以上言わなかった。つまり、今この短い時間でアリアス殿下はカイリーケが変わらなければ公爵家当主として認めないと、この場で宣言したも同じだ。他人事ながらわずかに、本当に少しだけカイリーケが哀れに思えた。

ちらりとカイリーケを見ると、呆然と立ちつくしている。それにアリアス殿下が最後に、とでもいうふうに声をかけた。

「騒がせてしまってすまないね。それじゃあ……カイリーケ。次会うときはいい場であることを願うよ」

それは、もはやこの場からの撤退を知らせる言葉で、カイリーケは強制的に帰宅を促されてそのままとぼとぼと広間を後にした。まだ現実味がないのか、その足取りは弱々しい。それを見て、アリアス殿下が声を低くして、そばのテオボルトに告げた。

「しばらくマークしておくように」

「は」

テオボルトはそのまま顔を上げると、私を見て、またひとつ頭を下げた。そういえば……テオボルトはアリアス殿下を呼びに行ったのよね。

でも、わざわざ呼びに行く必要ってあったかしら……。アリアス殿下は大切な国賓の対応をしていたようだし、それを置いてここに来てもらったのはやはり気がとがめる。ただのトラブルに忙しいアリアス殿下の手をわずらわせたのは心苦しい。

アリアス殿下がいなくても、テオボルトがいてくれればそれでどうにかなりそうだったのだけど……。

いや、本来であれば、私ひとりでもどうにかしなければならない問題ではあるが。

とにかくそれが気になって、私はついテオボルトに声をかけた。

「あなた……どうして、アリアス殿下をここに？」

聞くと、テオボルトはやはり表情の変わらない顔で、ひとつ告げた。

「ピンチを救うのは王子様の役割かと思いまして」

「……えっ？」

「それでは、御前失礼いたします」

テオボルトはそれだけ言うと、颯爽《さっそう》とその場を後にしてしまった。残されたのは、今の言葉をうまく咀嚼《そしゃく》できない私と、それに苦笑するアリアス殿下、口もとを押さえながらそれを眺めるガーネリア。そしていつの間に駆けつけたのか、ガーネリアの隣で同じように苦笑を滲ませているレオンハルト殿下の四人だった。

「お、王子様……」

「少し変わってるよね。でも、そこが彼のいいところだよ」

アリアス殿下が付け加えるように言う。私はさっきまで思っていたテオボルトのイメージがまるきり変わってしまったことに、しばし困惑していた。テオボルトは、思った以上におもしろい性格をしているのかもしれない。

「それをわかっていて、僕もルーナに彼をつけたしね」

そう短く付け足したテオボルトの言う『王子様』の顔を見て、私は思わず目を丸くしてしまった。そして、少しだけ笑みが漏れる。

「それは……ずいぶんと計算高い王子様もいたものですわね」

「知らなかった？　現実は、物語通りになんていかないんだよ」

そう言って小さく笑うアリアス殿下に、私は少しだけ肩を寄せて、今までのことを思い出した。そして、私も同様に小さく言葉を返す。

「そうですわね」

だけど、甘いおとぎ話ではない、苦楽のある現実だからこそ、今私は幸せだって感じている。今の時間は止まらない。ずっと進んで、進んで、止まらないからこそ。

「幸せって感じるものなのかしら……」

永遠じゃないからこそ。今だけしか感じられないからこそ、幸福を感じられる、のだろうか。そんなことを考えていて、不意に自分がかなりロマンチストな考えをしていることに気づき、思わず苦笑した。

「これからも、どうぞよろしくお願いしますね？　王子様」

少しいたずらっぽくアリアス殿下に笑いかけると、珍しくアリアス殿下は頬を赤くした。目もとも赤い。

「……なに？　なんか、照れるんだけど」

「あら、珍しい」

「からかわないでくれるかな……」

そう言って、少し照れたように視線を逸らすアリアス殿下の隣で、私はまた小さく笑った。

完

あとがき

このたびはこの本を手に取ってくださって誠にありがとうございます。

この「勝手に幸せになってれば？（原題）」は顔にホクロのあるキャラを書きたい！という思いのもと書き始めたお話です。考えてみればほくろのあるキャラが好きなのに、書いたことないな……と。他作品の作業の息抜きに猛烈になにか書きたくなり、書き始めたお話でもあります。今作はウェブで書いていたところ、書籍化のお話をいただき、本になる運びとなりました。

自分で初めて本を出してみて思った感想は「作家さんって本当にすごい……」です。

ウェブ小説を読んでいた方はおわかりかもしれませんが結構直しました。いやはや、誤字脱字、誤用の多いことですよ……。直してくださった出版社の方には頭が上がりません。

また、一番お世話になったのは担当さんです。本当にお世話になりました。担当さんなくしてこの本はできあがりませんでした。この場を借りて感謝の気持ちを綴らせていただきます。本当にありがとうございました。

また素敵な表紙絵や挿絵、本当に驚きました。自分の世界観がこうやって形になるのは本当にすごいことだと思いますし、感謝しております。

今までいろいろとお話を書いてまいりましたが今作のアリアスは私の中でもかなり上位に食い込むほど好きなヒーローです。完璧そうに見えて過去をこじらせてるめんどくさい王子様（笑）。いかがだったでしょうか。私は結構好きです。アリアスとルーナについてはまた機会があれば書きたいな、と思うほど書いていて楽しかったです。番外編執筆も改稿も本当に楽しく書かせていただきました。

余談ですが、本作の年齢設定として主人公のルーナは十六歳、アリアスが十九歳、レオンハルトが二十一歳。マクシミリアンが十八歳、ミレーヌが十五歳となっております。ルーナは夏生まれでアリアスは春生まれでしょうか。レオンハルトは冬生まれというイメージです。ルーナは個人的に新緑が似合うような気がします。アリアスは雪解けのイメージで春（笑）。レオンハルトは冷たそうに見えて不器用なので、冬。

好きな食べ物はどうだろう。ルーナは甘酸っぱいものが好きそうなイメージです。レモンタルトとか。アリアスは逆に甘いものが苦手なイメージ。マリネ系のサラダとか好きそうです。アリアスは少食です。レオンハルトは白パンが意外と好物だったらかわいいと思います。焼きたてのパンを食べたいけど毒味を通すのでどうしてもできたてを食べられないレオンハルト……。ガーネリアがきっと作ってくれます。ガーネリアは恋する乙女なので！　それがきっかけでふたりの関係も進展したりするといいな。

以上、キャラについてのお話となりましたが、今作いかがだったでしょうか。少しでもこの本を手に取った方が楽しめますように。ありがとうございました。

ごろごろみかん。

今さら本物の聖女といわれてももう遅い!
妹に全てを奪われたので、隣国で自由に生きます

2021年3月5日　初版第1刷発行

著　者　ごろごろみかん。

発行人　菊地修一

発行所　スターツ出版株式会社

〒104-0031　東京都中央区京橋1-3-1　八重洲口大栄ビル7F
☎出版マーケティンググループ　03-6202-0386
（ご注文等に関するお問い合わせ）

https://starts-pub.jp/

印刷所　大日本印刷株式会社

ISBN　978-4-8137-9075-4　C0093　Printed in Japan

[ごろごろみかん。先生へのファンレター宛先]
〒104-0031　東京都中央区京橋1-3-1　八重洲口大栄ビル7F
スターツ出版(株)　書籍編集部気付　ごろごろみかん。先生

ISBN：978-4-8137-0644-1　※価格、ISBNは１巻のものです